Cirkus　JONAS KARLSSON

消失的马戏团

〔瑞典〕约纳斯·卡尔松 著　　吴颖婕 译

人民文学出版社
PEOPLE'S LITERATURE PUBLISHING HOUSE

著作权合同登记号　图字 01-2021-1825

Jonas Karlsson
Cirkus

Copyright © 2017 by Jonas Karlsson
Published by arrangement with Salomonsson Agency AB,
through The Grayhawk Agency Ltd.
All rights reserved.

图书在版编目(CIP)数据

消失的马戏团/(瑞典)约纳斯·卡尔松著;吴颖婕译. —北京:人民文学出版社,2023
(中经典精选)
ISBN 978-7-02-017595-6

Ⅰ.①消… Ⅱ.①约… ②吴… Ⅲ.①中篇小说-瑞典-现代 Ⅳ.①I532.45

中国版本图书馆 CIP 数据核字(2022)第 220270 号

总 策 划	黄育海
责任编辑	朱卫净　欧雪勤
封面设计	汪佳诗

出版发行	人民文学出版社
社　　址	北京市朝内大街 166 号
邮政编码	100705

印　　制	凸版艺彩(东莞)印刷有限公司
经　　销	全国新华书店等

开　　本	889 毫米×1194 毫米　1/32
印　　张	6.125
字　　数	105 千字
版　　次	2023 年 1 月北京第 1 版
印　　次	2023 年 1 月第 1 次印刷

书　　号	978-7-02-017595-6
定　　价	59.00 元

如有印装质量问题,请与本社图书销售中心调换。电话:010-65233595

中经典
精选

Novella

1

一切都是从一个老套的讨论开始：你真的有可能和一个听"酷玩"乐队①《牢记你》的人交朋友吗？之后话题发散开来，变成了一场关于朋友和友谊的争辩。有么一会儿，我觉得电话出了毛病，像是串线，说了半天发现对象是另外一个人。丹松跟我说过有这种可能，你发现自己在和一个彻头彻尾的陌生人对话。显然，我应该明白，绝对不可以相信丹松。要说雅洛这人也不可信。你看，我都搞混了，老实说我不太确定事情发生的顺序，但我知道出了什么事。我知道马格努斯·加布里森在马戏团失踪时发生了什么。我说的失踪不是指他在人群中走散，而是消失了，并且再也没有回来。

---

① "酷玩"乐队，英国摇滚乐队，1996年组建于伦敦，由主唱克里斯·马汀、贝斯手盖伊·贝瑞曼、吉他手强尼·邦蓝以及鼓手威尔·查平组成。

2

我的老朋友马格努斯打电话来,问我想不想和他一起去看马戏表演。我真的不喜欢马戏团,但马格努斯说这个马戏团不错。

"他们有小丑表演。"他告诉我。

我站在我的唱片收藏前跟他通话,把电话夹在一侧耳朵和肩膀之间,一只手拿着一张"欢乐三男组"[①],另一只手拿着特瑞·哈尔的个人专辑,我想把哈尔塞进"特别人物"和"特别人物重组"[②]的唱片之间。

此前的一整个上午我都躺在雅洛的沙发上,喝咖啡,和他漫无边际地东拉西扯。我们聊了音乐、一些往事、寻常的流言八卦,各种各样的话题说了许多。打从一开始气氛就很不自然,到最后我们彻底聊僵。一切都是从讨论"酷玩"乐队的那首《牢记你》开始,很快便发散成一个更宏大的话题,变成了一场

[①] "欢乐三男组",英国新浪潮流行乐队。
[②] "特别人物",英国传奇乐队,特瑞·哈尔是成员之一。"特别人物重组"的前身即"特别人物"。

关于"真正的朋友"的争论。

"所以,什么是'真正的朋友'?"雅洛挠着下巴问。

整件事太荒唐。我并不想去纠结这类伪哲学的无稽之谈。而这样的发问也有些使人内疚的指责意味。你算是一个真正的朋友吗?你怎么去定义真正的朋友呢?

"也许你真正的朋友不一定就是你以为的那个人。"雅洛继续说,接着讲起了学生时代一个仗势欺人的恶霸学生,叫丹尼斯,他说这个人的音乐品位糟糕得令人发指。

"我们随时都在变成新的人。"雅洛说。

"这话是什么意思?"

"人会变。这没什么好奇怪的。"

最后我很生气,站起来冲他大吼。我用力甩门而去,一路走回了家。此时此刻,我只想一个人待一会儿。

马格努斯还在说着马戏团,说他们的节目很特别,滔滔不绝地向我介绍到时谁会表演什么,以及所有节目的顺序。我漫不经心地听着,一边整理唱片,检查分组是否恰当:"狂热"乐队旁边是"选择者"乐队,再旁边是"特别人物",接着是埃尔维斯·科斯特洛①。露辛达·威廉姆斯旁边放着朱莉·霍兰德,

---

① "狂热"乐队,英国乐队。"选择者"乐队,英国乐队。埃尔维斯·科斯特洛,英国歌手。

再旁边是马修·沃德，然后是"她和他"乐团[1]。后来马格努斯注意到我仍在举棋不定，于是说："不用说，我请你。"好像突然想起来应该补充上这么一个条件。

马格努斯·加布里森总是让我觉得内疚。我们是儿时相识的老友，到现在只是像尽义务一般每隔几年见上一面。见面时也是两人坐下来，在尴尬中相顾无言。我们会说见到对方很开心，真的应该经常聚聚，应该找时间去打保龄球，之后便分道扬镳，为接下来一年左右的时间里不必再经历这样的见面而暗自松一口气。

我想我们还是有一些共同点的。音乐当然是其中之一。还有一些别的地方让我们和其他人不太一样。比如说，我们俩谁也不愿意用手机。倒不是有什么特别的理由——我实际上还是最早一批购入无绳电话的人——只是当手机出现时，出于某些原因我没有赶上这个风潮。突然之间，人人都有了这玩意儿，再想着要一个就有点落后的意思。所以马格努斯和我就都没有手机。这一来生活会有些不便，而且我得老实承认，其实我也想过要买一部。可事到如今，用不用手机俨然成了一个关乎声

---

[1] 露辛达·威廉姆斯，美国歌手。朱莉·霍兰德，美国民谣女歌手。马修·沃德，美国歌手。"她和他"乐团，美国独立流行乐队，马修·沃德是其主要成员。

誉的问题。于是我们联系都是打座机。只是打得越来越少。我们上一次通话还是一年多前，现在他却来邀请我跟他一起去马戏团。

我有更想去做的事。例如去唱片店转转，租一部电影，浏览宜家①最新的商品目录，上银座音乐网站上闲逛一圈，打扫浴室，翻出昨天的报纸做数独游戏，等等。或者干脆继续整理唱片。然而考虑了片刻，我还是决定答应他。并不是因为我想去，而是因为我感觉只有这样才能摆脱这件事。或许关于"真正的朋友"的争论对我产生了一些影响。

---

① 宜家，瑞典家具品牌。

3

这个马戏团名叫"汉森和拉森魔术团",不太像传统的马戏团,更像是"境遇戏剧"①表演。我们走过一块巨大的霓虹招牌,上面鲜亮的红黄字母从上到下依次点亮,一次亮起一个,到最后能看到这些字母组成一顶高顶礼帽。我跟在马格努斯身后,到达时已经有一支乐队在演奏,然而整个地方给人一种邋遢敷衍的感觉,看起来不是很有组织。站在入口处的女人在低头玩手机,我们向她出示入场券时她甚至没有抬头看一眼。我们顺着一条由亮橘色的布帘围成的通道往里走,脚下是一块皱巴巴的蓝色廉价地毯。地毯的一侧拉了一串灯饰,有几处地方的灯线缠结成一团,走的时候得留神不要被绊倒。这里随处可见那种明显是从某个公寓或客厅里拉来凑数的东西:梳妆台、带布罩的落地灯、手工编织的地毯,一根接长电线从地毯上横

---

① 境遇戏剧,一种即兴自发的演出节目,常将观众卷入其中。

穿而过。所有摆设都加强了一种身处室内的错觉,但其实我们还在室外。我已经后悔来了,因为在我们进入主表演区的那一刻,我哼起了法兰克·辛纳屈①的《爱情与婚姻》,每次这首歌盘桓在我脑海的时候,我就知道结果会不妙。像一种预兆,是我的潜意识在通知我,有什么事情不对劲。

演出场地不很大,实际上有点狭小和简陋,几条以布帘围成的走廊通往不同的方向。地板是倾斜的。所有东西都是倾斜的。尽管空间不大,人却不少,但是马格努斯和我还是弄到了不错的位置,是中间一排长凳的两个座位,很靠前。

四周灯光暗了下来,只留下一盏聚光灯打在小小的红丝绒幕布上。马格努斯在我旁边伸了个懒腰,轻轻跺脚,似乎很兴奋,甚至有些紧张,就像个小孩似的。我想他或许从来没看过马戏团表演。我小时候去过两次马戏团。不过都和这个不一样。

马戏团的领班向我们表示欢迎,我心想这人会不会就是汉森,或者拉森。他在我们面前挥动一根手杖,当他扬起胳膊时,我能闻到他身上那件旧燕尾服散发出的刺鼻的臭味。

领班请出一名空中飞人表演者,向我们介绍说她是全欧洲最好的空中飞人。她在热烈的掌声中走上舞台。这是一位十分

---

① 法兰克·辛纳屈,美国爵士乐歌王。

壮实的女士，头发像马鬃一般，一身矫健的肌肉。她踩在一根钢丝上，保持着平衡，同时双手转动着几只盘子，盘子上摆着蛋糕和点心。不过那钢丝绳离地面不过几厘米，还不如不吊起来呢，反正她走在上面观众也看不出钢丝有没有碰到地面。但不管怎样，观众还是对表演报以了极高的热情。表演过程中，马格努斯鼓了好几次掌。

空中飞人演毕，两个戴蓝帽子的小丑走上场，开始用旧乐器搭建一座塔，这时第三个戴红帽子的小丑出来搞破坏。这个节目安排得非常巧妙，头两个出场的小丑从头到尾都看不到第三个小丑。他们谁也没有看到还有其他小丑的存在，因为一个小丑前脚刚走，另外两个紧接着就进来，如此循环往复。红帽子小丑躲在乐器后面，当两个蓝帽子小丑离开后就把东西换来换去。等把另外两个小丑弄得手忙脚乱、开始互相咆哮时，他又改变策略，转而开始帮助他们，而整个过程中两个蓝帽子小丑似乎全被蒙在鼓里。最后他们成功搭起了一座塔。蓝帽子小丑们互相握手道贺，红帽子小丑又把塔推倒，乐器哗啦一声全倒在地上。前两个蓝帽子小丑挥舞着橡胶锤，互相追打着下了舞台。

整个表演都让我很不舒服。但马格努斯和坐在我前排的孩子笑得快喘不过气来。马格努斯看向我，我只摇了摇头。

小丑节目之后,马戏团领班又上台来,这次他介绍出场的是一个魔术师。

"女士们,先生们,"领班说道,"下面有请神奇波比先生!"

波比披着长长的斗篷,手上戴着白得刺眼的手套。他以几个魔术做开场,不过是兔子、鸽子和扑克牌之类,所有魔术师都会的寻常戏法。表演了一阵,他脱下白手套,说接下来要让一名观众消失。他问有谁自告奋勇上台配合表演,全场鸦雀无声。我正怀疑是不是真的会有人自愿消失时,发现马格努斯的手在我脑袋旁边举了起来。所有人都把目光转向我们。

魔术师指着马格努斯,向他做了个上前的手势。我轻轻拽他的外套,但他只是咧着嘴笑,站了起来。

马格努斯走上台,魔术师问了他的名字,马格努斯对着红色的话筒回答了。

"那么,马格努斯,让你神不知鬼不觉地消失一次怎么样?"魔术师的话引得台下观众一阵大笑。

"没问题。"马格努斯回答。

"你是一个人来的吗?"

看得出马格努斯还不习惯对着麦克风说话,没等魔术师把话筒举到面前就回答了。波比先生请他重复一次刚才的话,好让大家都听到。

"还有我的朋友,他就在那边。"马格努斯凑近话筒说道。

所有人再次看向我。我不知道该如何回应,索性什么也没做。

"如果我让你消失,你的朋友会怎么说?"魔术师又问。

"我不知道。"马格努斯回答。

在他们一问一答之际,神奇波比先生把一只手伸到红丝绒幕布后面,拉出一面带轮子的大镜门。镜子在魔术师和马格努斯身后摆好时,周围的灯光再次熄灭,只留下一盏聚光灯打在台上的两人身上。

"快看呐!"魔术师波比突然说道,"你已经开始消失了。"

他转身指了指镜子。马格努斯也跟着转过身去。

镜子没有映出他的身影。魔术师和红色的话筒,还有聚光灯下的一切都明明白白地在镜子里,唯独没有马格努斯。观众笑着鼓掌。马格努斯做了几个动作,但什么也没有在镜子里显现出来。

"我知道很神奇,"魔术师对着红色话筒说道,"你再试试绕着镜子转一圈怎么样?"

他做手势请马格努斯看看后面,当马格努斯绕到镜子后面的时候,魔术师将镜子转了过来。这一次,马格努斯出现在了镜子里。魔术师再次转动镜子，让每个方向的观众都能看清。

"好了，你现在可以出来了。"魔术师说。

观众再一次热烈鼓掌。我看到马格努斯想说话，但话筒在魔术师手上，在掌声和欢呼声中只听得到魔术师的声音。

"真是个自大的家伙！"他说，"竟然偷偷钻到镜子里去了。可以啦，你该出来了！"

所有人都笑着鼓掌。我看到站在镜子里的马格努斯双手插在裤兜里，脸上带着羞怯的笑。那样子站在那里，面对众人的哄笑，我突然就替他感到难过。

我总是很容易就替马格努斯·加布里森感到难过。他从来不是个合群的人。过去我们住同一片郊区，家庭情况也大致相似。勤奋工作的老爸经常看不到人影，老妈负责打理家中的一切，却总是人在心不在。生活安逸，可以追求点上档次的东西。没有豪华假期，但可以到附近某个还算可取的景区露营点待上几个星期。收入尚可，有能力开上一辆或两辆二手车，有几件能穿出来显摆的讲究衣服，甚至有能力对房屋做一些基础改装。孩子们多少也可以赶一下时髦，或者不理会时髦不时髦的，只管把口袋里所有的零花钱都拿去买唱片和卡带。

我们两个不在同一所学校，但有几年我们在工业区和后面的沼泽地附近闲晃时见到了彼此。青少年时期的马格努斯习惯挖鼻孔，留着怪里怪气的发型。他一向寡言，总是独来独往。除了总是不合群，永远拎不清事情的轻重外，他的身上再没有特别之处。

坐在台下看他在舞台上被魔术师嘲弄，感觉很奇怪。所有观众都理所当然地认为这个戏法的对象是一个成年人。只有我看到的是年幼的马格努斯·加布里森，那个受到惊吓偶尔还会尿裤子的孩子。

4

魔术师继续转动着镜子,好让全场的观众能清楚地看到镜子完全是平的。当转到我这个方向时,我看到马格努斯好像在朝我挥手。

"那好吧,"魔术师说,"是你自己不肯出来的,我只好把你带回办公室了!"

魔术师抓起镜框,马格努斯还在里面。他把镜子夹在胳膊下走了。所有观众大笑着送上掌声。让我吃惊的是,我发现自己也在笑着鼓掌欢呼。

灯光亮了起来,马戏团领班再次登场。

"神奇波比先生!"领班拖长声音高喊,波比跑回来接受掌声。我的朋友马格努斯却不见踪影。

波比下台后,几个杂技演员开着一辆小小的机动车入场。由于车太小,他们不得不轮流坐在上面。汉森,或者拉森,也上台开了几圈。

此时幕布拉上，全场的灯亮了起来。到了中场休息的时间。

我坐着等马格努斯回来。几个人从我身边走了出去，经过时他们的厚夹克因摩擦发出一连串沙沙声。等了一会儿不见马格努斯出现，我起身去外面的小厅，准备到自动贩卖机那里买一罐饮料。

贩卖机前排起了长队。虽然已经快六月，站在那里排队时我还是觉得手指冰冷。我不停地环顾四周，寻找马格努斯。我觉得我瞥见了他的身影，就在一个鬈发女人和两个争来打去的孩子后面。可等女人和孩子让开后，他又不见了。算了，我想，等我们回到座位上时总会见到他的。就在我拿到饮料时，乐队又开始演奏了。我沿着那一侧被串灯照亮、表面凹凸不平的蓝色地毯匆匆回到座位上。

下半场一开始是几个杂技演员在各种隧道和孔洞里爬进爬出，他们在一个地方消失，不久又在另一个地方出现。

这时观众的热情更加高涨，舞台上的一切表演都能让他们笑得前仰后合。

有一次，一个杂技演员离我很近。他戴着眼镜，嘴上贴着假胡子，但我依然能看出伪装背后的人就是神奇波比先生。事实上，所有的杂技演员看起来都很像神奇波比。我尝试着数了数他们有多少人，然后得出结论——纯粹从理论上讲——只要他从一个洞钻到另一个洞的速度足够快,而且在没有人看到的时候换帽子和假胡子,那么这里所有人都有可能是波比扮演的。

表演结束后,马戏团领班再度登台,我突然觉得他看起来也很像神奇波比先生。仔细一想,这里所有的表演者长得都惊人地相似。甚至一开始登场的那个健壮的空中飞人演员也是如此。

整个下半场我都坚持着没有离席,我在等马格努斯。我很难集中注意力去看表演。最后上场的是一名水手——绝对是神奇波比先生——他举着细小的红色话筒演唱《纽约,纽约》,唱得叫人难以忍受。马格努斯没有回来,我很纳闷,他就不想看后面的表演吗?

演出结束后,所有人都离开了,我没有走,想等等看马格努斯会不会出现在某一排长凳间。也许他在后台发现了什么好玩的事,或者跟某个团员聊得火热。要不就是他觉得厌烦,自己回家了?我逗留了一会儿,越来越感觉自己在犯傻,于是决定离开。出去时我看到几个安保员在大笑。我忍不住觉得他们是在嘲笑我。

一进家门,我就踢掉鞋子,因为太用力,鞋子砸到了墙上。

我把马戏团的节目单揉成一团，扔进垃圾桶，心里暗暗发了个誓，就躺到了床上，衣服也没有脱。

我不打算给马格努斯·加布里森打电话问他去了哪里。在我看来那样不声不响就没了踪影很不礼貌，尤其我们两个是约着一起去的。我们每次见面，到最后都变成我在照顾他，这让我恼火。然而事实就是这样，到头来总是我在照顾马格努斯·加布里森。我们第一次见面的那天，我就不得不扶他起来，帮他掸掉身上的落叶，一路背着他那个难看的旧背包回家。

5

第二天一早，我在雨滴打在窗户上的响声中醒来，感觉有什么不对劲。我在床上躺了一会儿，努力回想有没有做什么梦。接着我起身给马格努斯·加布里森打电话。电话占线。这意味着他起码在家，我心想。可一个小时后打过去，电话还是占线，又过了一个小时再打依然如此，我开始疑惑这是不是有些奇怪，他不可能真的一直在打电话吧？除非他没把电话挂好。

我一边吃什锦麦片，一边想着前一天去马戏团的情景，感觉就像在回忆一个令人不愉快的噩梦。此刻回想起来，一切还是和昨天一样离奇。

吃完麦片我把空碗放进水池，然后回卧室给马格努斯打电话。一开始我听到的还是占线的忙音，再打过去索性就没有接通。我在唱片收藏前站了一会儿，感觉自己很傻。我把"安东尼和约翰逊"跟"神奇女警"调换了位置，然后再次拨了马格努斯的号码。

电话还是没有人接。我来到门厅,穿上鞋和外套,想着还是去一趟马格努斯的公寓看看比较好。我恐怕有十年没有去过他那里了。

一走到街上我就后悔了,应该带把伞的,但又懒得回去,于是我拉起兜帽,尽量挨着建筑物行走,希望能少淋些雨。

等走到马格努斯的公寓楼大门前时,我已经浑身湿透。我站在一小截突出的、勉强遮挡住雨水的屋檐下。我意识到,即使我能记起大门的密码,这么多年了那密码肯定也已经改了。透过玻璃能看到大厅离我不远的地方有一张住户列表。我很肯定上面写着加布里森住在一楼。我回到雨中,抬头往上看,一楼死气沉沉,根本不像有人住的样子。

我眯着眼睛站在雨中,渐渐感觉雨水缓慢但实实在在地浸透了我的外套和毛衣。我发现这条街不远处有一家7-11便利店,于是朝它跑去。店里有几张塑料桌,还有一个柜台和两把酒吧凳,坐在那里可以清楚地看到马格努斯的公寓楼。我买了一杯滚烫的热茶,坐了下来。我抖了抖肩,脱下外套,把它搭在桌下的暖气片上。店里就只有我和收银员两个人,我很想把上衣也脱掉,但还是决定算了。我用纸巾擦身上的水,但擦与不擦区别并不大。

"今天暖气开到最大了。"收银员说着冲我的夹克点了点头。

我笑了笑。收银员在柜台后面叽叽喳喳地说着什么，一台没调准频率的收音机正在播放布莱恩·亚当斯的抒情歌，歌名我不知道，对此我颇有些骄傲。我试图把注意力集中在马格努斯公寓的门口，可大雨仿佛在窗外形成了一堵墙，窗上的水汽也越来越厚重。过了一会儿，雨中出现了一个人影，急急地朝便利店跑来。这个人进门后立刻抖了抖身子，活像一条湿漉漉的狗。他看向我，想和我就外面的糟糕天气交换一个会心的眼神。我转过头，继续盯着马格努斯公寓的大门。

收银员又说了一遍暖气开到最大的话，不知道他是不是就只有这么一句套话。

一个女人头上顶着一张报纸，径直朝便利店窗口跑来，大概是想尽可能地靠近建筑物避雨。我突然意识到，这可能是我第一次在现实生活中看到有人用报纸做这种事，感觉这一幕只会出现在——我不知道——法国。一转眼她已经站在我面前，和我面面相觑。两个陌生人突然离得这样近，中间只隔着一块玻璃，令人很不舒服。我想转过头，随即又想起我应该盯着马格努斯的公寓大门。反正举止怪异的人是她，不是我。

我们就那样对视了一会儿，谁也没动，然后我又把注意力转回到马格努斯的公寓楼。街道的那头,那扇厚重的大门关上了,我反应过来,我刚才看到一个人走进了那扇门。

我敢发誓,那是马格努斯。

6

我想立刻冲到那扇门口,但又觉得这样做没有什么意义。待我跑过去时,那扇门将依然紧闭,而且进去的人,无论是谁,可能早已消失在楼梯间。所以我必须留意观察走向公寓楼的人,逮住机会跟着一个人进去。我拿起塑料小勺搅动热茶。

刚进来的顾客端着咖啡走到桌旁,在离我很近的地方站定,我发觉他想跟我说话。当他把咖啡放到桌上的那一瞬间,公寓一楼的一个房间里的灯亮了。

"没想到会赶上这么一阵吧?"站在我旁边的男子望着外面的雨问道。

我抬起头看他,一时没明白他的意思。他朝我湿漉漉的上衣做了个手势。我点了点头,指了指桌下搭在暖气片上的外套,心里琢磨着要不要向这位男子借手机,再给马格努斯打个电话。

"明智。"端咖啡的男子说。

"是啊。"我俯身摸了摸外套,发现确实干了一些。摸上去有带着潮气的温热感，就像滚筒烘衣机里没有完全干透的衣物。现在感觉挺好，但我知道只要一穿上身它会再次变冷。等我起身再坐好时，公寓里亮起的灯已经灭了。

"干了吗？"

"没呢。"我说着，还是穿上了外套，然后冲出便利店，向公寓大门跑去。

我可以在他出来时拦住他。

在那截突出的小屋檐下依旧没法躲避雨，一阵阵风不断将大片的雨水刮到我脸上。我蜷缩着身子使劲靠在门上。

没有人出来。但半小时左右以后，一位女士出现了，什么也没有问便让我进了门，大概是看到我又湿又冷的狼狈模样而心生同情吧。这样一来我之前在打发时间时想好的借口就用不上了。

我走上楼，浸了水的鞋底发出咕叽咕叽的声音。按过门铃，听起来好像有人在公寓里走动，但很难判断，因为我的湿衣服也在发出窸窸窣窣的声音。我四周的地面上渐渐积起一摊水。为了听得清楚些，我努力一动不动，屏住呼吸。但现在一点声音都没有了。刚才是我的幻觉也说不定。

我轻轻推开门上的信箱口，喊道："马格努斯？是你吗？"

这话听起来可真蠢，只有电影里的人才会这么说。所以我没有再喊,而是敲了敲门。但没有人应答。

五分钟后,我慢吞吞地走下楼梯,在公寓的入口大厅停了下来。雨还是那么大,我决定等雨势稍缓一些再说。

7

我在大厅里倚墙而立，透过玻璃看着外面的倾盆大雨。忽然间我看到了雅洛。他没穿外套，正沿着街道的另一边走，突然冲过马路。就在他跑到人行道前，我想到，要是他看到我一动不动地站在阴暗的大厅里可能会吓一跳。

果不其然。他一看到我便急忙刹住了脚步，然后皱起眉头眯着眼睛，好像看不清楚眼前的人究竟是不是我。他敲了敲玻璃，又指了指门。我给他开了门。

"真见鬼。"他说着，用力甩掉身上的水。

雅洛看着我，好像在期待我说点什么。

"你站在这里干什么？"他说。

我和雅洛最初是在一个夏令营里认识的，从七年级到九年级，我们每年夏天都会被家长送去那个营地。雅洛比我大两岁，早几年前跟他妈妈从芬兰搬来这里，在博格学校上学。夏令营里有马，有个花园，营员可以在里面画画，我和他一起在那里度过了几个夏天。有很长一段时间我觉得我和他喜欢上了同一个女孩，但我不记得我们为此争吵过。"像我们这样的人就该在一起玩。"他这么说过。我不知道是什么意思。大概指的是我们两个都喜欢电子合成乐这件事，因为那个年代喜欢合成音乐挺不入流的，所以我们有必要结盟。但我似乎从来没听他放过什么音乐，而且当我们聊到这个话题的时候，我惊讶地发现他在这方面的知识少得可怜。不过雅洛这个人向来叫人难以琢磨。他确实比我年长，而且看起来比实际年纪成熟。他和大人相处得不错，偶尔会得到允许去给营地的员工帮忙，他可以像大人那样说话，所以很难判断他究竟是我们这边，还是他们那边的。

上了高中后，我们相处的时间才开始变得多起来。他是丹松之外和我来往最多的人——也许是因为缺少竞争的关系。但我由衷地开心有他这个伴儿。

"我想着来看看马格努斯。"我说。

"马格努斯？"雅洛说着叹了口气。

"是的。你呢？"

"哦，我不知道，"他耸耸肩说，"想找点事做吗？"

雅洛经常惹恼我。说话拖拖拉拉，让我感到焦躁不安的同时又十分恼火。他的衣服看起来像是自己做的，他曾经跑到荷兰参加个人成长的课程，回来时满面红光，高谈阔论什么才是生活中更重要的事情。总觉得他是活在另一个世界的人，我们所遵守的规章制度似乎对他不起作用。任何事情到了他那里都能够轻易反转过来，好像所有东西都是相对的，是依条件而定的。

雅洛从不记仇，这会儿一定早把我们关于"真正的朋友"的争吵忘到了脑后。好像什么都不会让他困扰，什么困难也打不倒他，他能马上振作精神，继续一往无前。每次挫折都被他当成激动人心的挑战，无论什么处境下都一门心思想着怎么走下去。他灵活善变，有可能突然就改变主意，朝着相反的方向奔去，并且丝毫没有减速的意思，仿佛这是世界上最自然不过的事。同样的，成功似乎对他也没有什么影响。在他眼里所有事情不是"有趣"，就是"很酷"，没有什么是微不足道、不值得去深入探究的。他可以安静地盯着你看很久，好像期待着能多发现些什么。好像什么事对他来说都不够。好像他总有想要改变的东西。

马格努斯不喜欢雅洛。他说这个人有点奇怪。当然奇怪了。他总是在你意想不到的时候冒出来。不懂得保持距离，无所顾忌。总是想知道得更多，总有一箩筐的问题。不管你回答什么，他总要接着再问一个问题，好像没有一个答案能让他满足。仿佛激怒别人就是他最想做的事。

"你干吗这么急匆匆的？"

"我不想迟到。"

"干什么事迟到？"

"上课。"

"为什么不能迟到？"

"我不想错过课堂的开头。"

"有什么影响吗？"

"我不想给别人留下不好的印象。"

"这个很重要吗？"

"让人印象不好总不是好事吧。"

"为什么？"

"别问了！"

无论你说什么，他都会点头附和，让你以为你们达成了某种共识。临了他又会说出一个南辕北辙的意见。也许他只是害羞，或者只是礼貌，可这样的前后不一总让我觉得迷惑，也觉得愚蠢。好像他在任何时候都比我懂得多。

高中毕业之前雅洛就已颇具创业精神。他去注册成为个体经营者,为那些想要"卸下心头重负"的人开通了一条电话线。

"这是未来趋势,"他告诉我,"服务行业!软经济,人的问题。交际,互动,人际价值观。而工业,"他嘲讽道,"工业时代已经结束啦。物质是没有未来的。物质已经过剩,没人需要了。当今社会需要的是有人来关心那些工业时代遗留的失落灵魂。你得打理自己的品牌,树立你自己的风格,用自己的方式去和其他人打交道,学会理解和欣赏他们。交流,这才是未来。如果你懂得如何去交流,你就稳操胜券啦。可如果你不懂这些,那就……"

接下来的几年时间里,他的个体自营变成一家私营公司,私营公司又变成一家公共有限公司。最近几天,他租了间办公室经营起某种诊所来,还涉及其他各种可疑的活动。他有顾客,他管他们叫委托人,但并不多。如果你想喝杯咖啡闲扯一通,随时可以去他那里,顺便听他自豪地向你炫耀最近购买的东西。

"瞧瞧这个!丝绒面料的!"他拍了拍摆在房间正中央的沙发得意地说道。

雅洛在房间里挂了厚重的红色窗帘,铺了手工编织的地毯,还挂有大幅大幅叫人皱眉的花哨油画,没有任何品位,但雅洛骄傲得不得了。他总是说,事物表面的样子极为重要。

"外表比你想象的要重要得多,人们总是凭第一眼的印象来做评判。"

我不清楚雅洛对那些去找他的可怜人做了什么，不过他们一定挺满意，因为他们成了他的回头客。

雅洛留着长发，有时候披散着，有时扎成一束。要是在街上看到他，你很容易就把他当成某类拒绝传统社会的人，一个"静修中"的摇滚乐手，或是最近磕了太多药的无业享乐主义者，然而他实际上却在经营一间诊所，以及众多其他的生意。他刚申请注册了一种新式治疗法，如果你相信他所说的，那么他"正在成为这个行业的真正玩家"。要是他正要去参加一个重要的会议，你会看到他瘦长的身体上挂着一套西服。要说他就完全不会去在意别人怎么想。任何时候他都只做自己想做的事。

就比如此刻，他完全有可能讲马格努斯的坏话。

"别管他了。"他会这么说，接着就把你拉到别的地方去，也不管你是不是已经有别的安排了。好像一切都没那么重要，似乎他想做的事情，不管那是什么，必然会更有趣。

我告诉雅洛，马格努斯不在家，不过事情有些蹊跷，因为我听到他的公寓里有声响，而且他的电话一直占线。雅洛听着，点了点头。我还告诉了他，我看到公寓里的灯光亮起又熄灭。

最后我们一起回到楼上,敲了敲门。没有人回应。

"他就是不在家。"雅洛说。

"这么说什么意思?"我问他。

"要是在家他就会来开门了。"

我看着他,他也回看着我,一副事情就是这么简单的表情。

我告诉他,马格努斯和我一起去了马戏团,之后我就再也没有见过他。

"好吧,"雅洛点头说,"所以呢?"

我看着他。

"所以我觉得应该联系一下他。"我说。

雅洛歪了几次脑袋,那神情仿佛在说他希望我们能做点更好玩的事情,而不是在这里说废话。

"为什么不写封信呢?"雅洛问我。

"写信给马格努斯?"

"没错。"雅洛说。

我叹口气。

"知道我是怎么想的吗?"他停顿了一下说,一下子高兴起来,好像刚刚想到一个好主意,"我觉得你应该去这个地方看看。"

雅洛从一个口袋里摸出一张收银小票,又从另一个口袋里掏出一支笔，草草写了几个字递给我。我接过来。他伸出舌头，接住了从湿漉漉的头发上滑下的雨滴，然后他身体绷紧了一下，扬起眉毛，又从连帽衫的口袋里掏出一样东西，得意地举起来给我看。

"太妃糖。"他说。

我看了一眼手表，雅洛用细长的手指剥开糖纸，把太妃糖放进嘴里，吸吮得啧啧有声，一直盯着我。好像现在就是我们两个人的问题了，我必须决定，接下来我们应该做什么。

"你最近买唱片了吗？"他嚼着太妃糖问我。

"是的。"我回答。

"恩雅的《远航》不错。"他说。

我没有回应。

一时间我们就这样干站着，只听见烦人的吸吮声越来越急速，雅洛嘴里的太妃糖变得越来越小。他不时抬起手来看一看。他的手红红的，皮肤上有皴裂。

"我的皮肤又开始干裂了，"雅洛说，"得记得戴双手套才行。"

最后我发现除了离开别无他法。雅洛还站在原地，用那种被遗弃的孤苦表情看着我，我想在他提出要跟我一起走之前赶紧离开。推开公寓大门的那一刻，雨水毫不留情地扑到脸上。

我拿出雅洛给我的收银小票,是弗克恩大街的格黎宁健康食品商店开的小票,雅洛的字迹像医生的一样潦草,被雨水一淋,已经有一部分变得模糊。

彭迪加坦 3A。

我站了一会儿,两只脚换来换去怎么都不舒服。之后我就回家了。

8

彭迪加坦3A？这是什么意思？雅洛的行事方式我实在喜欢不起来。一个问题他总能看到无数种解决办法，无穷无尽的可能性。比如说，如果你丢了钱包，警察也帮不了你，何不试试催眠术？或者在脸书（Facebook）上建个群组？在他看来，一切似乎都同样有效。

他会把卡罗林斯卡医院最新的研究成果和早已被遗忘的中世纪疗法混为一谈，抱怨传统心理学太过死板。

有一段时间，他试图在国王岛的一个车库里种植平菇，沿着汽车后面的墙壁，摆满一大堆像红色小房子一样的硬纸箱子。

"房租便宜，利润可观。"他这么说。

后来不知道发生了什么，或许是没有盈利，或许是车库出了问题，又或者是有人开车碾过那些箱子，反正那个计划似乎被搁置了，我也很久没听他提到他的"蘑菇产业"了。

最近一段时间，他开始了一门正规的心理学课程。

"弄几张纸片，写上几句鼓舞人心的话特别重要。"他说。

如果想在一个行业立足，多掌握一些有实证的知识倒是不错，这点我很认同。于是他申请了一所大学，被录取了，他决心要学够几门课程，拿个证书，只是这段时间他能不能坚持下来比较令人怀疑。

"要花好长时间呢。"他说。

他的学习计划因为要给其他的事情让位，最终被搁下了。用雅洛的话来说，获得"证书"似乎并不是太重要，说时他还举起两根手指比了个引号。反正还是有人会去找他。

上一次我去他那里时，他给我看他买的卡拉OK机。他的说法是得想办法让客户"放下戒备"。

"有时气氛会有点过于紧张，"他一边翻看着机器上的曲目一边向我介绍，"而且有个这样的东西也挺酷！"

他可能会用石头或水晶，或者做某种认知行为疗法？我也不知道他都给客户提供些什么服务。当然，除了唱卡拉OK。

反正你是没办法摸透他的计划和活动，很可能连他自己也不清楚。他似乎拉拢了几个不太正经的人，聚在一起琢磨一些非传统的赚钱办法。涉及电话推销的事占绝大比例。

彭迪加坦3A，说不好那是个什么地方。不过完全不理会也不太明智，我在心里盘算着，他总归有人脉可以利用，不管那都是些什么人。

9

那天晚上,马格努斯的电话依然占线。我打了五次,每次的结果都一样。我看了一会儿电视,喝了一杯茶,在上床前绕着公寓转一圈,把灯都关掉了。我知道应该在十一点之后睡觉,这样第二天一早就能迷迷糊糊醒来。反正晚间新闻之后也没有什么好节目。时间越晚电视节目只会越来越难看,最后只剩下八十年代早期一部叫《替身》的老剧重播能勉强看看,要不就只能盯着电视屏幕上的滚动新闻。尽管已经百无聊赖,我发现自己还坐在沙发上,手里抓着电话。为什么电话一直占线?马格努斯有那么多朋友可以打电话聊天吗?还是他把电话线拔了?他为什么不给我打电话?我把电话放到沙发上,听了一会儿听筒里传来的忙音,然后按下了红色的挂断按键。

我想得没错,瑞典电视台正在播放一部讲学校管弦乐团巡演的纪录片,第五频道在播放美式扑克节目,电视三台在播放一个纪实性肥皂剧,剧中参与者起初假装是朋友,之后就开始互相投票否决,好让自己当上最成功的"减肥达人"。《替身》播完时已经是凌晨两点。我抱起搁在旁边的电话。正盯着它看时,铃声响了。我立刻接起。

电话那头没有人说话,只有一阵微弱的嗡嗡声,但我还是听到了有人呼吸的声音。我抓起遥控器关掉了电视,整个公寓立刻陷入一片黑暗和静寂之中。我拿着电话走到窗边。

"喂?"我对着电话说。

仍然没有回应,但我确定能感觉到那头有人。我尽量让自己的呼吸声放轻,可越来越快的心跳声怎么也藏不住。

"喂?"我又说道,"你是谁?"

没有人回答我,只是我在自说自话,我心想,听着电话中的沉默。外面的街道上一块男士内衣的广告牌亮了起来,给对面黑沉沉的大楼投去了一片微弱的光亮。我用力把电话贴近耳朵,脑海里想象着电话那头的人,那个沉默的来电人。感觉有点不安。

"是马格努斯吗?"过了一会儿我问。

听筒里传来一阵嘈杂音,好像是线路本身的静电干扰,听起来又像是布料摩擦,或是一只手在摩挲什么东西的声音,总之没办法判断。我一动不动地站在漆黑的客厅里,感觉到电话在我脸颊上压得温热。

"到底……马格努斯,是你吗?"我又问,"你没事吧?"

那头还是没有回应,我决定也不出声了。我在黑暗的房间里慢慢地来回踱步,等待着。似乎打电话的人和我,我们两个都在等着对方有所表示。我倚靠着厨房门框站了好半天,把头轻轻地抵在门头上,听到电话碰到门框时发出一声轻响。我把电话从嘴边移开一点,转身走回到黑暗中。

最后,我走到了门厅,站在镜子前。因为公寓一团漆黑,我在镜子里什么也看不到,没有东西能让它照出来。有那么一会儿我失神地想到,在完全的黑暗中,我看不到自己,所以我究竟在不在镜子里呢。我又用力地把电话贴在耳朵上,因为我们都没有说话,我几乎就是在听自己的声音。我有种感觉,沉默在某种程度上暴露了我的不安,我努力不让自己的呼吸声传进听筒。聆听自己的不安,这样的感觉很不好。

"马格努斯在哪里?"我说。

我想我能听到电话那头的呼吸也同样不安。仿佛此刻有什么令人不安的东西在笼罩着我们,仿佛那头的他或她准备要说点什么,但转了念。或许是那头的人害怕了?不敢说话了?

最后,"咔嗒"一声,我意识到对方挂断了电话。我在公寓里转了一会儿,然后打开床头灯,坐在床上,盯着电话。为什么马格努斯什么话也不说？那个人真的是他吗？如果不是，那会是谁？会不会是他电话的话筒出了故障？这样的事也不是不可能。不会的，我明明听到有人在呼吸。所以他究竟为什么不说话？还有，为什么他的声气听起来如此害怕？

我躺在床上，把宜家的商品目录搁在胸口打开，然而以往漫无目的地翻阅所带来的轻松愉悦感没有了。十分钟后，我从床上爬起来，再次拨打那个号码。没有应答。

10

只要可以忍受住第二天的睡意和困倦,那么在夜里醒着也有好处。夜晚带来的安静和专注会让人觉得找到了时间的断口。

我戴上耳机,听"合成芽"乐队①的《乔丹:复出》。我播放到《幻月》这首歌,坐在音响旁边的扶手椅上听前奏响起,这段前奏总能让我平静下来,让我觉得自己要动身去往某个地方,尽管此刻我前往的方向只是熬过漫漫长夜。

就这样我听着歌睡了过去。

---

① "合成芽"乐队,英国摇滚乐队。

11

我讨厌人们在镜子里消失后再也不回来。这实在太折磨人。没人会做这种事。如果有人坚持要消失，那通常迟早也会回来，让别人知道究竟发生了什么。之后你可以和这个人坐下来，调侃自己是多么容易被骗，带着些许羞愧笑谈这个过程的种种，竟把这么个小把戏当真。可要是这人就这么消失了，再也不回来，那在我看来，就不是什么好笑的事了。这会让你开始质疑自己看待世界的方式。我真的不喜欢这样。我很乐意保持我现在看待这个世界的方式，对事物的运作有着相当好的理解。我更愿意与朋友维持现有的状态，并且能够相信自己的判断。

12

我在北欧百货的面包店上班,我的工作是站在柜台后面给面包和点心装盒打包。这份工作的本质就是在一个玻璃笼子里坐牢,还有顾客围在一旁盯着。这些顾客只有一个相同的愿望,那就是笼子里的你能快点服务好前面的顾客,然后按下叫号按钮,让他们的号码出现在排号系统屏幕上。要是你拖得太久,有人会冲你喊:"小伙子,你是来这儿上班还是干吗的?"

老板教过我们,碰到这种情况,我们只要面带微笑就好。

从各方面来看,这都是一份靠谱的好工作。我是说,人总要买面包不是?而且他们总会想来北欧百货的面包店买。我在那里很愉快,工作也做得不错。星期一早上我本来应该九点开始上班,可当我在扶手椅上醒来时已经差一刻就九点了。我连忙站起身,扯掉耳机,静电噪音一下子消失了,这时我才意识到,我听着这个噪音睡了一整夜,之后我刷牙、穿鞋、穿外套,噪音依然在我的脑袋里回荡。

我到店里时已经九点半，那些替我打掩护的年轻女同事向我投来了锐利的目光，幸好老板早上没有出现。我赶忙按下叫号按钮准备服务下一位顾客，我想为自己的迟到做出补偿，于是脸上堆起比平日里更殷勤的微笑，到了午餐时间，我感觉那微笑侵蚀了我的面部，变成一个扭曲的鬼脸，已经谈不上殷勤，甚至还有点吓人。

我从面包店给马格努斯打了两次电话，都没有人接。没有答录机留言。什么都没有。

随着一天过去，面包店的托盘渐渐空了。托盘得洗干净后还得送还到烘焙坊，一般是我争着做这件事，这意味着要在水池前待上二十分钟到半小时，没有顾客围观。午餐结束后我把所有的托盘拉进厨房，拧开水龙头，再顺手解开服务员制服上的假领结。女服务员不得不系一条花边围裙，把头发扎起来。男服务员的制服则是着衬衫，配一条有松紧带的假领结，松紧带箍着脖子，领结固定在衬衫最上面的纽扣上，解开时会啪一声脱开。

我在厨房里呆立了片刻。究竟是怎么回事？马格努斯失踪了，有人打电话给我，却一句话也不说。

越想这件事，我越觉得电话里的沉默和"宣传部"乐队[①]

[①] "宣传部"乐队，德国乐队。

的第三张单曲《P：机器》有着某种模糊但不可否认的关系，有点像卢·里德和大卫·鲍伊①，或者乔纳斯·博内塔和乔希·加雷尔斯②的关系。

---

① 卢·里德，美国摇滚歌手与吉他手，曾为"地下丝绒"乐队主唱。大卫·鲍伊，英国摇滚歌手和演员。
② 乔纳斯·博内塔，加拿大作曲家和制作人。乔希·加雷尔斯，美国创作型歌手、制作人和作曲家。

13

"宣传部"的《P：机器》突然出现在我脑海并没有什么显而易见的缘由。即便如此，一回到家我立刻把"宣传部"的《秘愿》翻出来从头到尾听了一遍，我想搞明白电话那头的静默为什么会让我联想到"宣传部"乐队。诚然，这支乐队的音乐类型是我和马格努斯听得最多的，可为什么是这首单曲出现在我脑海里？是歌曲开头模拟计算机发出的嘟嘟声，还是那种带着不祥预兆的阴暗氛围让我产生了联想？再听一遍也没有头绪。我准备把唱片放回原处，却突然犹豫了，不知道该不该给它挪个位置，让它挨着"中国危机"乐队和"天堂 17"乐队[①]。不可否认，"天堂 17"使用了更多的原声乐器，但依旧属于合成器音乐。

[①] "中国危机"乐队，英国流行乐队。"天堂 17"乐队，英国新浪潮合成乐队。

那天晚上我给"小妖精"乐队和"雷蒙斯"乐队①互换了位置，这样一来便没地方放"性手枪"乐队和安迪·赫尔②的个人专辑了，只能把它们塞到架子下面，这让我觉得别扭，此前我一直很满意这个唱片架。我呆立了片刻，心里纠结着是不是应该不再买这个分支的唱片，还是索性扩大这个流派的收藏。然而墙上没有地方再放唱片架了。也许我该卖掉一部分收藏，或者改用塑料封套来装唱片。可我实在不愿意用简陋的塑料封套，感觉多蹩脚啊，也不尊重唱片，仿佛它们全都能被简化成一张没有封脊的单薄圆片。再说了，如果不能一眼就看到哪些唱片排列在一起，岂不是完全违背了收藏的初衷？这样的话不如放弃收藏，转而使用"声田"，在流媒体的未定义曲库里偷着听一两首单独的曲目，对专辑的完整性和唱片封面文化毫无所感。不建立体系，到最后可以说拥有一切，然而又什么都没有。

过去在学校里大家听金曲排行榜就是这样，漫不经心，不研究歌名，也不管专辑叫什么。从来都不知道不同的歌曲归属何处。就好像音乐是一条奔流的大河，是一种无法感化和被感化的东西，比如雾，比如污染。

---

① "小妖精"乐队，美国另类摇滚乐队。"雷蒙斯"乐队，美国朋克乐队。
② "性手枪"乐队，英国最具影响力的朋克乐队之一。安迪·赫尔，美国演员、音乐人。

在我和马格努斯长大的地方有两所学校，分别是博格学校和维拉小学。一所好，一所不好。

博格学校的流氓、欺凌弱小的恶霸和真正犯了罪的学生让这个学校恶名远扬，是公认的"差学校"。要是一个孩子所在的家庭没有住在好地区，在学校委员会没有一定的影响力，没有对路的关系，没有日复一日地给教育局写信纠缠的精力，那这孩子最终的归宿就是博格，这所旧式的大贫民窟学校，一个收容没有抱负的孩子的地方。

像我们这样比较幸运的孩子上了维拉小学，一所现代化的学校，楼盖得漂亮，校内还开了一间"沙拉小铺"，布置了花坛，这里的学生成绩有保证。我们这些上维拉小学的孩子从不和博格的学生来往。教师，其他的学生，尤其是我们的家长不止一次跟我们说，那边的学生是一群没教养的混混，甚至还有瘾君子。报纸也报道过博格学校的"状况"。我们的校长还上了当地电视台的节目，他歪着头做出沉思的样子，对博格发展成现在这样表示痛心，同时不忘声明我们维拉小学绝对不存在霸凌现象。

校长在那档节目上夸口，维拉只有品行端正、积极上进的学生；同学之间友爱互助，一门心思扑在学习上。他十分得意地说道，要是学校出现欺负人的恶霸学生，那他第一个轻饶不了。

在我的想象中，在博格上学俨然就是一部监狱风云电影的样子，学校被不同的帮派掌控，干着私下惩处、索要贿赂、收保护费之类的勾当。

每当有人说要把我们学校的一些学生转去博格上学，那必然会引起恐慌。学生人数太多，班级规模太过庞大，教育委员会努力想让社会经济群体稍微融合，从而限制阶层隔离，创造一个更加平等的社会。维拉小学规模小得多，要保证所有人都能上学，我们中一部分人就必须要转到博格去。

几乎所有的家长，由丹尼斯的父亲和米亚·林德斯特罗姆的母亲牵头，跟校长和委员会派来的代表开了一次紧急会议。传言说丹尼斯的父亲在会上痛斥委员会的人，大骂他们无能，还威胁要让他们丢饭碗，并且永远别想在任何其他单位谋得差事。安娜·汉伯格的母亲表示，要是让她的女儿转去博格，那还不如当场送她去少年犯管制所。其中有一些家长和老师还当众哭了起来。最后这件事也没有闹出什么结果。我们的家长集体松了一口气，为我们这些小孩能继续留在好学校读书而心满意足。

我对博格的了解来源除了马格努斯和雅洛的讲述，还有我自己看来的消息和到处流传的谣言。我非常庆幸自己不用去那样一个地方，因为用我们老师的话来说，我是一个"特殊"的学生，在社交方面存在一点困难的那种人。

"这样对班里其他的同学会有不好的影响。"他这么告诉我的父母。

对此我没有说什么。其实那个时候我都很少发表意见，只用我一贯的做法来应对：静等一切过去，这样我就可以重新戴上耳机。很早的时候我就明白了一个道理，很多事情你说得越多结果就越糟。在一番缠磨和碎碎念，还以生闷气做威胁后，我终于得到了梦寐以求的随身听，我父母出了一部分钱。之后我几乎所有的空闲时间都用来自制可以随身带着听的混音带。对我来说最好的时间是在课间，我可以戴上耳机，隐没在我自己的背景音乐中，随着一首接一首的歌曲漂流，看周遭世界也变成一系列配了乐的动态画面。

在维拉小学基本上你只能在两个音乐流派中做选择。要么选择喜欢合成器音乐，要么就是硬摇滚乐，没有中间选择。听说有听雷鬼音乐，还有听各种音乐类型的大人，比如说爵士乐，但是在学校里这个选择就很简单了，合成器音乐或者硬摇滚乐。如果你自己不做选择，会有别人来帮你选。不喜欢摇滚，那你就自动被划到了合成乐迷那一类。

硬摇滚那一派的小孩占了绝大多数，但不仅仅是在音乐方面，很大程度还体现在形象上。破旧牛仔裤和带刺钉的皮带，留一头卷曲的金色长发或是黑色直发，身上有骷髅头臂章之类的配饰。有一些人还会穿磨旧的皮靴，戴鲨鱼牙项链。但是跟博格学校的摇滚派比起来，这些都太弱了。你经常能在购物中心碰到博格学校的摇滚派学生，身上有文身，肩膀上扛着大块头的手提录音机，还认识真正的朋克族。但在维拉，只要有一件印着"铁娘子"乐队①的 T 恤就能成为摇滚派。丹尼斯留一头烫卷的头发，经常穿干净整洁的网球衫，但偶尔也会戴一条皮手链来慎重地表明他属于哪一派。他经常讨论 W.A.S.P. 乐队和链锯、"扭曲姐妹"乐队②和受难女人的话题。那个时候合成器流行乐是一个贬义词。

在班里日子得过且过，大家都混得过去，不过学生中有明确的等级划分，丹尼斯处在最顶端，其余的人则依次往下排，而我基本上是垫底的那一个。但我不在乎。关于等级这件事我们都心照不宣，从没人挑明，自然而然地接受。某种程度上这种状态十分合理，每个人都有明确的角色，于是便没有了争斗

---

① "铁娘子"乐队，英国重金属乐队。
② W.A.S.P. 乐队，美国洛杉矶的重金属乐队。"扭曲姐妹"乐队，美国摇滚乐队。

和威胁的必要。只要注意别人的眼色、交头接耳还有在餐厅里和其他人之间间隔的椅子数量，所有事情都能自行化解。我一向识时务，会尽可能地遵守规矩。

大部分时间我都不会为此烦恼，我有我的音乐。只要我戴上耳机，任凭他们怎么推撞我也无所谓。有时他们会故意踩我的后脚跟，把我的鞋子踩掉，但重新穿上鞋也不是太难的事。有时候我只是运气不好。就比如有一次，我课桌上出现了一张纸条，上面写了一句粗俗的话，极其的粗俗，不巧又被我们的英文老师伊娃看到了。其实我连那几个单词都认不全，当然也不知道那句话是什么意思，但是因为纸条上提到了伊娃的名字，结果就是我跟着她去见了校长。

同样的事在上九年级时也发生过一次，那次他们用我的名字编了一封假情书给麦迪，麦迪拿去给老师看了，老师马上就交到了校长那里，要求引起重视，因为"情书"中充斥着脏话和威胁，语气十分自大。校长认为这是对女性极大的侮辱，要求我亲自向麦迪道歉。他还说如果我将来还想和异性打交道，那就必须明白这样的言辞是绝对不能使用的。我只觉得为自己辩解实在太麻烦，也说不清楚，所以就照他们说的去道了歉。似乎这就是最简单的解决办法，我只要站在麦迪的储物柜旁边，说几句简短空泛的套话，这件事很快就过去了，然后我又可以戴上耳机，重新退回到音乐的世界里。

有几次我被打得遍体鳞伤，有时课本被撕毁，这些基本上都是恶作剧或者意外造成的结果。就像有一次，体育课后我洗澡出来发现所有的衣服都不见了，我只好用纸巾遮挡身体，一路跑到校长办公室求助，最后他们让我从失物招领箱里借了几件衣服穿上。那件事很可能是我的错，也许是我戴着耳机，漏听了什么事呢？反正这种情况经常发生，待我被训斥一顿或者被校长找去谈话之后总能解决。

14

我把罗特·莲娜和乌特·勒姆佩的唱片塞回到科特·维尔①旁边,现在还剩下我手上拿着的一张"狂热"乐队的旧专辑,和另一只手上的"星际水手"乐队②2003年的一张单曲。"性手枪"和安迪·赫尔的位置依然没有头绪,放哪也不是。我认真考虑是不是该丢掉几张,但又不知道放弃还是保留的标准要怎么来定。拿这张"星际水手"的单曲辑来说吧,这本身是一张不错的唱片,尽管我一直没怎么认真听过。我翻过唱片研究起封套的背面,想看看上面有没有出现我熟悉的名字。这时电话突然响起,我接了起来。

"喂?"

很明显电话那头是有人的。

---

① 罗特·莲娜,奥地利歌手。乌特·勒姆佩,德国歌手。科特·维尔,德国作曲家。
② "星际水手"乐队,英国摇滚乐队。

"喂？"我又试着唤了一声，这次更大声一些。

依旧没有回应。

我调低音箱音量，举着电话走到床边，决心再等等看。随后是几分钟的沉默。我用力将听筒贴紧耳朵，希望能听到一点背景音，能判断出这个人在什么地方，可惜什么也没听到。又过了一会儿，我继续去翻弄唱片，这个过程中我几乎忘了还在跟某人通着电话。

我把唱片抽出来，堆成一堆。我开始习惯有这么一个无声的伙伴在耳畔陪着我。不管这人是谁。此刻我们就这样陪伴着彼此，要是这个人就是马格努斯，我可不想再抬举他，傻乎乎地唤他回应，他很有可能突然就大吼一声，或者狂笑出来，显得我很可笑似的。我不会让他享受到这份乐趣。他要是想玩保持沉默的游戏，我就陪他玩玩。我打算继续下去，就当一切都正常。

"简单的沉默。"我听见自己用英语说了这么一句。

我低头看到手中的"星际水手"单曲辑，这首歌的名字就叫这个，《简单的沉默》。电话那头一点声响也没有，但我觉得说出来跟保持沉默都一样无关紧要。我把"电台司令"[①]的《怪鱼》放进唱片播放机，开大音量，然后将电话举到扬声器近旁。一首歌放完，我挂断了电话。

---

① "电台司令"，英国摇滚乐队。

15

第二天我打电话给朋友丹松。这是一次绝对正常的通话，我们两个人都说话了，偶尔打断对方，在某件事上达成一致，谁也没有中途消失，挂断电话前还有告别。没有出现拨通电话却一声不吭的情况。没有令人费解的沉默，没有奇怪的音乐探险。是一次完全正常的通话。

我们约好下班后在"唱片之王"碰面。

我是面包店里唯一的男性，而人们更喜欢让漂亮的女孩服务，我总觉得，那些轮到我服务的客人就好像抽到了下下签，特别不走运。尤其是年纪大一些的男顾客。有的女顾客会想来教育我一下，最起码得考考我不同面包的叫法，问我知不知道这些面包里都加了什么香料。时不时也会碰到这样的客人，面对我时昂着脑袋，摆出高人一等的姿态。偶尔也会有人来找我搭话，他们大概误以为我是店里女服务员的头儿。不知道哪种情况更让我难堪。

不断有人来买面包和点心,我接了五个差不多一模一样的毕业蛋糕的订单。

一个中年男人叫我拿来纸和笔,然后跟我说:"你看,我想要个特别一点的。你明白我的意思吧?"

我赶紧向他表示我明白。

"我觉得把蛋糕做成一顶毕业帽的样子比较好。你明白我的意思吗?"

我点头,给了他一个心领神会的微笑。

"传统的瑞典王妃蛋糕,但是把绿色的糖霜换成白色的,用黑色丝带缠一圈。我想还应该在蛋糕的一面做个黑色的帽檐才更像样。你知道我在说什么吗?"

我又点了点头,但还没完。

"蛋糕是学生毕业帽的样子。你知道吧?"

我再次点头。

16

"唱片之王"开在地下室里,有一道很短的台阶通下来。这个地方有很多可以改造的地方。微弱的阳光透过天花板上落满灰尘的窗户照进来,阳光最大的作用就是让已经泛黄的唱片的颜色褪得更浅。虽然一排排摆在那里的唱片多少做出了展示的样子,但其实只是在无声地宣告:爱怎么样就怎么样吧,我们放弃了。

丹松和我算得上那里的常客,但最近一段时间来这里我总是有种不舒服的感觉,尤其是在浏览唱片的时候。"唱片之王"最拿不出手的可以说就是他们出售的唱片。一成不变的老旧唱片长年累月地摆在同一个地方,它们可能一直都在那里,从没换过或挪动过。而摆放唱片的架子还是"唱片之王"的老板在二十世纪八十年代自己手工打造的,上面落满了灰尘。

我到的时候丹松已经站在架子旁了,听到门上的铃响,他抬头冲我点了点头。我走下台阶,来到丹松身旁,接着我们就像往常一样，专心致志地看起唱片封套和的曲目来。

丹松的本名其实是丹·汉松，只是每个人都叫他丹松。大概是从高中或者服兵役时期开始的，有人在喝醉后突发奇想，把他的姓和名合并到了一起，最终就有了丹松这个叫法。

我也不知道究竟有多少人管他叫丹松，但我们第一次见面时他就是这么自我介绍的："叫我丹松吧，每个人都这么叫。"

以前"唱片之王"每周还会进新货的时候，我和丹松经常面对面地站在架子前翻唱片。过去店里永远有一大群翘首以盼的青少年排长队，等着用柜台的唱片机听刻录在十二寸唱片上的单曲和专辑。那时候每个人有三分钟的试听时限，为了节省时间，丹松和我会一起听。现在不一样了，你想听多长时间都可以。在我看来，只要还有人想在那听歌，不管什么，他们就很高兴了。除了几次在演唱会和俱乐部里，我和丹松基本没在"唱片之王"以外的地方见过面。谁知道呢，也许我是唯一叫他丹松的人。我也从没见过他其他的朋友，我甚至可能是丹松唯一的朋友。

"你叫我丹松就好了。"他对我说。那天他想听"人类联盟"乐队①的单曲辑，于是我们抛硬币来决定。他赢了，或许是觉

---

① "人类联盟"乐队，英国流行乐队。

得有些愧疚才这么说的。

丹松讲述事情有个很特别的习惯，一件事情讲过后稍加改动又拿出来讲一遍，让人觉得他在不断地修改真相。有时候他会把同一件事说上三遍。通常他讲的都是发生在他认识的人身上的事，比如他们做了些什么，见到了哪个流行歌手、摇滚乐手、名人还有发明家之类的。我总觉得，如果他们不是丹松想象出来的朋友，那他肯定夸大了这些友人的事。这些人很可能是他从别的什么地方读到或者听说来的。也有可能所有事情都是他的即兴编造。不过怎么样都无所谓，我早就不太在意他说的事情了。我一边跟他逛唱片店，一边点头，含糊地回应。

我抽出一张"头脑简单"乐队[1]的双碟专辑。在此之前这张专辑被我拿起不下十次，最后都决定不买。我把它翻过去，又放回原处。

"怎么样？"过了一会儿丹松问我。

"嗯。"我应道。

我在新到的一堆唱片中看到了洛福斯·温莱特[2]的《渴望》，但其实这张专辑已经发行了好几年。我想过为了里面的最后一

---

[1] "头脑简单"乐队，英国摇滚乐队。
[2] 洛福斯·温莱特，加拿大裔美国创作歌手。

首歌《八点钟的晚餐》,买下这张专辑,最后还是因为太贵而放弃了。

店门的门铃响了,是"唱片之王"的老板。他走下台阶,手里拿着一份微波食品和一个透明塑料袋,袋子里装着小份的果汁。他打了个招呼就钻进柜台后面的小屋再也没出来。我心里想,我们完全可以偷走店里的东西,只是这儿的唱片里有什么是我和丹松想偷的呢?

"他后天要在酒吧当DJ。"丹松冲柜台后面的小屋扬了扬下巴。

"哦。"我回答。

"你来吗?"

"再说吧。"

丹松拿着一张王子[①]的彩图胶碟查看。他的手指轻轻抚过唱片的表面,检查上面有没有划痕。

又过了一会儿,我开口问他:"你还记得马格努斯·加布里森吗?"

"'罗克赛特'?"

"对,就是他。"

[①] 王子,原名普林斯·罗杰斯·内尔森,美国流行歌手。

一段回忆闪过我的脑海。很久之前,跟丹松在一起时我碰巧说起了"罗克赛特"乐队①。我对"罗克赛特"透彻的了解让丹松震惊不已。他张大嘴巴,瞪着我,追问我是怎么回事。我只得坦白我曾经花了好几个小时研究"罗克赛特"。但我解释说那已经是很久之前的事了,说起来这全是马格努斯·加布里森的错。为此我又不得不跟他解释马格努斯·加布里森的事。

① "罗克赛特"乐队,瑞典乐队。

17

上高中的时候我习惯放学后站在教室外面等待两三首歌的时间，等大部分人离开以后我才可以平静地去开我的储物柜，不会惹上任何麻烦。之后我收拾好东西，朝购物中心走去。从头到尾我都听着音乐。

每天下午都有短暂的一段时间，从两所学校出来的学生汇聚到一起，形成一支浩浩荡荡的孩子队伍。他们迅速地从学校拥出，经过公交车站和报刊亭，然后分散到附近的各个地方。孩子们就像一桶水一样被泼到街上，在沿路的商店流进流出，横穿过广场，踢翻垃圾桶，推倒灯柱，任何没有固定在地面上的物体都会遭殃。一直到最后剩下一股细流，稀稀拉拉地朝着郊区散去。落在众人后面是一件好事。尽管还是免不了会碰到从博格出来的学生。他们就好像另外一种生物，一个更高大、更粗暴也更吵闹的物种。

其中有一个人明显不属于他们。他总是避开所有人。我一直觉得他们下一秒就会冲上去推倒他，揍他一顿，但这种事从来没有发生。事实上正相反，他们全都躲着他，好像他身上散发出令人避之不及的气味。那是一种形单影只、被孤立的气味。没人想靠近。他经常站在邮局旁边的街角，样子十分令人费解。他像是被人扔在了那里，像一个被抛弃、没人要的东西。他好像在等着什么人来，比如在等他的妈妈，似乎他妈妈随时会来将他接走，把他从这个陌生的世界解救出来。仿佛他这个人的存在就是一个错误。一个附带的产物。

当然，没人会来的。

我不记得是从什么时候开始注意到他的。他一直都在那里，一如既往，已经跟周围环境融为一体，别人早就对他习以为常。大多时候我走到邮局都会看到他还在那里站着，一边等待，一边看他的电子手表。

等他终于开始移动的时候，我发现他跟我走的是同一条路。他面无表情地走着，身上没有任何突出的地方。他大概觉得自己是透明的，但事实上你很难不注意到他贴着建筑外墙无声移动的瘦削身影，为了不跟任何人靠近，他不时后退闪避。有时候附近就只有我和他两个人，但他依旧跟我保持至少十米的安全距离。从购物中心出来后，我要沿小路回去，而他通常是走一小段路钻入树林，还试图采取一些不可能不被发现躲避策略。似乎在强调他并不属于这个地方。一开始我还替他感到难过，猜测他不太正常，可能需要特殊治疗之类的。但慢慢地我开始觉得这些举动更像是一种他强加到自己身上的孤立，而他似乎对此颇以为傲，并且在用一种令人反感的谨慎去执行。他从不抬头，不跟任何人说话，只是近乎强迫性地不断看手表，仿佛在期待着下一秒就能进入到另一个时空中。比如回到久远的过去，那样现在这个时空里的一切都不存在了。他从来没有流露出任何情绪，只是执着地跟一切保持距离。好像希望其他人永远都不要跟他有任何接触。当然我们谁也不会想去接近他。

一开始的几个星期我和他都会刻意绕开彼此，然而过了一段时间后，我开始怀疑他可能在等我，感觉他想用这种不合群的怪异举动来引起我的注意。不知道他站在邮局旁是不是就为了跟我一起走。遮遮藏藏又煞有介事的样子。等我们走上小路进了树林，他就会跟我隔着一点距离并排同行。尽管他从来没往我这边看过一眼，但我感觉他一直在留意我，脸上带着他自以为低人一等的白痴表情，瞪大眼睛，张着嘴巴，背包挂在两个肩膀上。任何一个正常人都只会用一个肩膀背包。

有一天我停下来，扭过头直视他，我的耳机里正放着"阿尔法城"乐队①的《永不放弃》。他也停了下来，脸蛋通红，留着鼻涕，他抬起胳膊用袖子在鼻子下面擦了一把。当时其他的人早就在我们前面走了，那条通往住宅区的小路上只有我和他两个人。不知道他在想什么，也许他正在等这一刻，也许他就希望我主动跟他搭话。反正他什么表示也没有，只是呆呆站在那里看着我。最后我朝他竖起中指。我也不知道为什么要这么做，可能我已经厌烦了。或许我想提醒他一下，这里究竟谁说了算。结果，他也竖起中指回敬我，这让我大为光火。说不清我为什么这么气恼，大概是我没料到他竟然有种这么做，也可能是这个幼稚、毫无想象力的手势触怒了我，我信心十足，只觉得他很好对付——他惹了不该惹的人，他以为自己是谁？于是我没多想就跳过水沟，冲到他跟前，用力推他的胸口。他被我推倒在地上。

简直轻而易举。我的手才刚碰到他瘦弱的身躯，他便仰面朝天地倒了下去，头上的羊毛帽子掉了下来。他甚至都没有要

---

① "阿尔法城"乐队，德国电子乐队。

抵挡一下的意思，就这么直勾勾地跌进一片矮树丛里，脸上还带着惊恐的表情。我立刻就后悔了，忙蹲下去看他有没有事。

"该死。"他含糊不清地说着。

"放轻松，"我摘下了耳机，"伤到哪了吗？"

"不太严重。"说着他坐了起来，朝不同的方向扭了扭脑袋，好像在检查有没有伤到颈部。似乎他早就习惯了这种事，很清楚在受到攻击后该怎么处理。

"你为什么推我？"他问我。

我摇摇头，嘟囔着向他道歉。

我把他拉起来，帮他掸掉身上的落叶，那是大人对小孩子才有的动作。接着捡起他的背包替他背着，然后我们肩并着肩，沿小路往前走。

"你喜欢合成器音乐还是硬摇滚乐？"走了一会儿我问他。

"不知道。"

"那就是说你喜欢合成器音乐。"

他点点头。之后我们没再多说。他沉默不语，我戴着耳机。到后面我开始跟他聊起我在听的音乐，给他看歌曲的播放顺序。我跟他解释为什么要这样排列，这其中有什么巧思。他边听边点头附和，看样子还愿意再听下去。我又跟他聊起不同的乐队，讲乐队的成员是如何走到一起的，他们之间有什么区别，谁负责做什么。我还跟他说了乐队解散的事，之前有谁在，后来又怎么离开了，这些人之后又有什么样的改变。

再后来，大部分日子里我们都一路同行。我在邮局外面跟他会合，之后一起走出购物中心。等走上那条小路后，我们就会钻进树林，在林间行走。

我跟他解释了合成器音乐和硬摇滚乐的区别，我告诉他，这主要是一种腔调，态度很关键，是一种没法跟外行人形容的感觉。比如说一个喜欢合成器音乐的人基本上可以听所有类型的音乐。只要有合成器音乐的那种氛围，但不能是金属的。

"你要小心避开那些有野兽、钉在十字架上的受难女人还有链锯之类的东西。尤其是绝对不能碰有链锯符号的。用太多吉他变音器的也要不得。不过普通的吉他没问题。很多人都害怕吉他，根本没必要。"

"真的吗？"马格努斯说。

我点点头。

"其实在合成器音乐里也会大量使用吉他。"

"真的吗？"

"真的，你想想'史班杜芭蕾'合唱团，还有'杜兰杜兰'

乐队①。他们的音乐里都用了很多吉他。"

我留出一点时间给他消化这些信息。说不定他之前压根没想过他们也算合成器乐队。有可能他连这些乐队都不认识。很明显他还是个新手，需要有人教教他。

"从表面上看，有些乐队很难跟硬摇滚乐队区分开，"我又说，"就比如说'死或生'乐队②，我认识的很多人都弄不清他们的类型。"

其实我并不认识这样的人，只是以我自己为例。一开始我不是很分得清。

"一定要注意细节，"我继续说，"之后你再去听音乐就什么都清清楚楚啦。"

我播放了一首又一首的曲目来说明这些差别。

有时候马格努斯要将同一首歌听上好几遍才能领悟，一旦他明白了我说的要点后就会点头，面露微笑。我用"治疗"乐队③来向他解释合成器音乐和哥特摇滚之间有直接关系，和硬摇滚则毫无瓜葛。马格努斯像海绵一样吸收这些信息。一段时间后他开始会在我解释完后提出很有见地的问题，我看得出他

---

① "史班杜芭蕾"合唱团，英国乐队。"杜兰杜兰"乐队，英国乐队。
② "死或生"乐队，英国乐队。
③ "治疗"乐队，英国摇滚乐队。

在不断地进步。他看起来很有兴趣，在我的音乐指导下，那个曾经站在邮局外茫然不知所措的男孩已经变成了一个真正的行家。他学会了辨别什么是冒牌，什么是原创音乐，也能看出什么只是昙花一现，什么才是真正的经久不衰。马格努斯的优点就是学得很快，不必靠威胁来让他接受，一件事情不用解释很多遍。在我看来，他是个很优秀的学生。

马格努斯上的是博格学校。但他很可能已经不上课了。我也不是很清楚他在学校的状况，只是不管我们有没有约好见面，他总会在老地方出现。我有种感觉，他为了和我在一起可能耽误了不少学校的功课。谁知道呢，说不定他早就没有去学校了？

除了听音乐，我和马格努斯也常去工业区背后闲晃，一到春天，那地方的融水会一直流到沼泽地。还有一片长着高大冷杉树和厚厚苔藓的广袤树林，我们经常在林间无休无止地穿梭。我们会爬上岩石和溜滑的斜坡，然后又滑下来，脸上被低矮的树枝划破。

沼泽很危险，每个人都知道。我们当地还有传言说沼泽地下面有流沙，能把所有东西都吞进去。那个地块上的几个工厂似乎经常易手，工厂的人在那里毫无顾忌地倾倒垃圾，于是那个地方遍布各种各样的东西，空的破旧油桶、罐子、旧板条箱、破布、金属碎片还有灯具和缆线，被树枝和草丛淹没了一部分，凸出来的部分就好像在棕色的淤泥上漂浮着的岛屿。在一块空地的落叶堆上——曾经是叶子，现在已经变成了半叶半土的状态——放着一把巨大的天鹅绒扶手椅，用力按下去会有水从内部渗出来。随着时间的推移，这些垃圾在沼泽里越沉越深，假以时日沼泽终会将所有东西都吞没，就像一头有着难以满足的胃口的野兽。我们曾在沼泽的边缘地区找到一些从色情杂志上撕下的书页，已经被浸透了，我们把这些书页放到树上晾干，再仔细地把它们拼凑回原样。书页泡了水会死死地黏在一起，我们试了很多办法都没法分开。不过我们在那里的大部分时间还是闲游浪荡，用脚去踢露出水面的垃圾碎块，努力不让鞋子被弄湿。还有聊各种各样的话题来打发时间。

过去我和马格努斯经常赛跑，然后学着体育频道主播的腔调点评一番。不过这算不得真正的比赛，并不像我们在学校上体育课那样，更多的只是为了好玩。我们什么都尝试着做一点，但最终感觉什么也没有做，无非就是闲逛、聊天。大部分时候我们都说得不多。似乎我和他能够在直觉上理解彼此。当然永远都会有音乐。我们可以随时开始讨论特雷弗·霍恩[①]明年会

---

① 特雷弗·霍恩，英国音乐制作人。

出什么专辑,只要这样的话题一开头,不管我们在做什么都可以立刻打断开始讨论。前一秒我们还在岩石上跳来跳去,下一秒就说起"发电站"乐队①的早期专辑,在他们还没有成为"发电站"乐队的时候,那些由拉尔夫和弗洛里安主导的作品。或者也许那时的他们就已经是"发电站"乐队了呢?

很快音乐对马格努斯来说就不再只是一个普通的爱好了。他什么都想知道,他说。他想了解当下的事情,也想知道过去发生了什么。他什么都会来问我。每隔一段时间还会让我重复一遍各个乐队不同的成员组合是怎样的,还要我预测一下未来可能会是什么情况。比如艾伦·怀尔德会继续留在"赶时髦"乐队②吗?他会在下一张专辑发行后离开吗?还有马丁·高尔在加入"赶时髦"后包办了大部分的歌曲,但他究竟算不算一个完全合格的成员?乐队创立之初并没有他,他只是取代了元老成员文斯·克拉克。让·米歇尔·雅尔③下一次会在一个什么样的场地演出?现在特瑞·哈尔转去跟"香蕉女郎"④的女孩合作,这对"欢乐三男组"会有什么影响?之后哪些制作人会

---

① "发电站"乐队,德国前卫乐队。下文的弗洛里安·施耐德和拉尔夫·哈特是其核心成员。
② "赶时髦"乐队,英国乐队,艾伦·怀尔德是其前期灵魂人物。
③ 让·米歇尔·雅尔,法国合成器电子乐音乐人。
④ "香蕉女郎",女子三人演唱组。

坐镇哪些乐队的专辑制作？他们的选择明智吗？从"坏习惯"的《老天啊》①这张专辑的封面能不能看出这是一张现场录音工作室制作的专辑？如果能的话，专辑里那首《别生气》是在什么地方录制的呢？他们接下来会不会出现场专辑呢？

我尽可能全面完整地去分析、回答他的问题，并且自认为我的一些看法还算挺有见地。

过了一段时间我开始尝试自制一些特殊的混音带，用不同的颜色来分类标记，然后在沼泽旁跟马格努斯一起听。

虽然我们几乎不聊学校的事，但不时会暗自比较我们各自的经历。很快我就意识到博格的状况越来越糟糕了。而相比之下在维拉小学的日子要好过得多。

对我来说最大的问题是学校里那些恼人的恶作剧。比如说，我得了一个绰号"蚂蚁"，原因是我有一次因为一些误解，当众说蚂蚁是世界上最强壮的动物，引来老师和同学的嘲笑，之后这事还被当成了把"相对"情况跟"绝对"情况混为一谈的反面教材被周遭的人反复诟病。

---

① 《老天啊》，英国乐队"坏习惯"组合 2011 年发行的一张专辑。

然而马格努斯面临的情况远比我严重。

有一天我在学校浴室被几个学生用湿毛巾追着抽打，就在同一天马格努斯在博格被人打了。那可是实打实的一顿狠揍。

我的情况大多是同学之间玩闹过了头。湿毛巾那次就是因为丹尼斯还是泽伦或其他什么人在某个地方看到，如果将一条湿毛巾用力拧紧，它就能变成一条像样的鞭子，于是他们想在"蚂蚁"同学身上做试验，看是不是真的，同时严肃地讨论，以哪种方式挥出"鞭子"能使最大的劲。

他们并不是专门针对我。只是不巧那天我是最后一个留在浴室的人，他们只能拿我来做试验。而且他们显然也没有概念，湿毛巾抽在身上有多疼。我拼命地跳开躲避，但还是多次被打中，最后我脚下一滑，摔倒在地上，膝盖狠狠磕在瓷砖地板上。我感觉有什么东西碎了。

摔倒后我去看了校医，后来又被送到医院检查膝盖。最后的结果是我被体育老师狠狠训斥了一顿，原因是我不该在浴室湿滑的瓷砖地面上乱跑。

"这个问题我们反复强调了很多遍，"体育老师的批评引得全体同学纷纷点头，"在浴室乱跑非常危险，你该感到幸运，这次只是伤了膝盖。下一次摔伤的可能就是你的脑袋。"他在我脑袋上拍了几下，强调他说的部位是哪里。

那天下午我一瘸一拐地跟马格努斯见面，却看到他的情况比我糟糕得多。他在学校餐厅背后的停车场被人用棍子打了一顿，浑身都是瘀青。其中一个人用棍子正正地打中他的脑袋。马格努斯低下头指给我看一个高高隆起的肿块，还有头皮上一道骇人的伤口。我瞪着他伤痕累累的身体。

"你确定不用去医院看看？"我问他。

"不用。自己会好的。"

"他们为什么打你？"我又问。

"他们害怕。"

"怕什么？"

"怕我。"

"为什么怕你？"

"不知道，我这个人有点奇怪。"

"哪里奇怪？"

他摇摇头。

"不知道。就是有点问题。你呢？"

"我怎么了？"我问。

"什么？"

"没什么。"

"他们为什么打你？"

"他们没打我。"

"没有？"

"反正我跟你不一样。"

最后我们厌倦了在沼泽边闲晃，逐渐把阵地转到我的房间。我们坐在床上，听一张又一张的唱片。我们研究专辑的封面，讨论歌曲的播放顺序，分析歌名。也会一起跟着唱，但不怎么合拍，就像亚当·格林和金娅·道森在《鸡肉牛排》[①]里的那段合唱一样。

差不多就在那时，马格努斯带来了"罗克赛特"乐队的专辑《当心！》。据他说，这张专辑很有"节奏"，皮尔·盖斯雷和玛丽·弗雷德里克森的合唱很不错，还说他们有点"前卫"。我质问他和我一起的这段时间里是不是什么也没学到，但他坚持说这张专辑有它的优点，还指出我曾说过偶尔听点排行榜音乐是可以的。我不忍心拒绝他，摆明了说他带来的这些歌很蠢。

---

① 《鸡肉牛排》，由亚当·格林和金娅·道森等组成的美国反民谣乐队"发霉桃子"2001年专辑里的一首歌。

于是我们一起听了"罗克赛特"。听了一段时间后我有点接受了,甚至觉得一些歌在制作上有可取之处,最起码他们的第一张专辑《激情珍珠》是这样。

但很明显,我没有告诉过丹松,我态度曾有过松动。

18

"他怎么了？"丹松一边说，一边把唱片堆在身边。

"唱片之王"的老板还没有从柜台后的小屋里出来。

"我也不知道，"我说，"他消失了。"

丹松抬头看我。

"'罗克赛特'？消失？"

"是的。"

"怎么会消失呢？"

"我联系不上他。"

"真的吗？"丹松低下头，开始翻爵士乐架上的唱片，"也许他自杀了？"

我倚靠在唱片展示架上，不小心推倒了几张唱片。

"为什么这么说？"

"经常有人自杀。这种事比你想象得多。"

我用手指扫过一排唱片，瞥了一眼丹松，他还在翻看爵士乐。

"可他为什么要带我去马戏团呢?"

"马戏团?"

"是的……"

丹松又抬头看着我。

"你们一起去马戏团了?"他皱着眉头说。

"他邀请我一起去。他还上台参与了其中一个表演。"

"什么样的表演?"

"还用说吗?当然是魔术表演。"

"他参与了一个魔术表演?"

"对。"

"他被锯成两半了?"

"不是。"

"那是什么魔术?"

"就是一个普通的魔术。"

"用刀子的那种?"

"不是,是镜子。"

丹松严肃地点点头。他重复了一遍我的话。

"镜子?"

"是的。然后再也没回来。现在我完全联系不上他了。"

丹松默默地点了点头,然后走到我这边的唱片架旁。

"他是自愿上台的?"他又问。

"什么意思?"

丹松定定地盯着我,眼神十分坚定。

"他是自愿上台参与魔术表演的吗?"

我点头。

"那你该知道这意味着什么,对吧?"他说。

"我不知道。"

"他这是在做一个宣示。"

"唱片之王"的老板从柜台后面钻了出来,把一张唱片放到收银机后面的唱片架上,挨着"国度"乐队[①]的唱片。我努力装出对店里唱片很感兴趣、正准备买几张的样子。

这一招并没有用。

---

① "国度"乐队,美国独立摇滚乐队。

19

"我认识的一个人也失踪了。"我们从"唱片之王"出来，走在街道上时丹松说道。

"是吗？"我说。

"我说的是真正的消失，"丹松扣上迷彩绿的军装外套，继续说，"他隐身了。"

"隐身？什么意思？"

"就是看不见了。"

我感觉一阵笑意涌到胸口。

丹松愤愤地看了我一眼，仿佛受到了冒犯。

"怎么，你不相信？"

"是不是……像隐形人之类的？"

"我发誓。他可以消失不见，不开玩笑。比如那次我们在音乐会上，前一秒你还能看见他，下一秒他就不见了。"

"好吧……"

"不相信的话，我有证据能证明我说的是真的。"

"什么证据？"我问。

"照片。"

丹松的手在军用外套内侧的口袋里一阵乱掏，那里面似乎藏了很多东西。最后他掏出一张皱巴巴的旧照片，是几个人的合影。

"你看这个，"他指着照片给我看，"这是在胡尔茨弗雷德[①]音乐节上。我跟纳幸、约万、莱娜和汤姆一起去的。这是我们所有人在主舞台前的合影。"

"有什么问题吗？"

"你自己看吧。汤姆不在上面。"

我看了看照片，汤姆确实不在上面。

我突然想起雅洛给我的那张纸条，在口袋里摸了摸。还好，健康食品商店的收据还在。彭迪加坦3A。也许值得试一试？

---

① 胡尔茨弗雷德，瑞典地名。

20

根本就没有彭迪加坦3A。只有一个彭迪加坦3号，一道不起眼的门，上面装了密码锁。我看了半天也没看到3A在哪。

隔壁是一家干洗店，估计跟这里共用一个门牌号。我走了进去。

店主是个五十来岁的男人，稀疏的长头发在脑后扎成马尾，用一条米色的发带绑住。我看到他在另一个房间的最里面。他冲我挥手，表示看到我了，但等了一会儿才出来。柜台旁边有一条长凳，上面放着一堆报纸和一个便携式CD播放机，还有几张CD歪七八扭地摞在旁边，感觉只要碰一下长凳它们就会倒下来。我歪着脑袋数了数，是七张纯音乐的CD。

尽管头发少得可怜，店主还是固执地以长发形象示人。当他在另一个房间转过身面向我时，我立刻注意到他的脸色十分苍白，好像他从没走出过这家干洗店似的。说不定真是这样呢？

他身上穿着一件怎么穿都不会起皱的浅蓝色衬衣。这种衬衣像是在打折商店买的便宜货，或者穿了很多次又经过反复清洗最终变成了现在的廉价模样。你会在市政官员的身上看见这种衬衫，白色，或者很浅的蓝色。即便一眼看不出，你也知道衬衫的腋下部位洇了一片汗渍，就算在外面裹着一件厚厚的外套，你也能想象衬衣被汗水浸透了。

这种衬衣只适合腋下汗津津的人穿。

干洗店后面房间的衬衣，裹着湿漉漉的腋窝和它相连的身体，还有挂着稀疏长发的脑袋，开始缓慢地向我这边移动。最后汇成一个整体站在我面前，喘着粗气。

"你好。"他招呼道。

"这里是彭迪加坦3A吗？"我问他。

衬衣男人点点头。

"我找马格努斯。"我说。

"马格努斯？"

"有人告诉我他在这里。"

衬衣男人看着我，抬手搔了搔下巴。

"你有东西要清洗吗？"

"没有。"

"哦。这里没有马格努斯。"

"马格努斯·加布里森？"我不死心。

"没有。"

这时一个膀阔腰圆的矮个女人拖着几个薄薄的塑料袋出现，塑料袋套着的刚洗过的白色衬衣就好像纸片一样。女人身上穿着一件介于连衣裙和清洁工束腰之间的制服。在她挂衣服和贴标签的时候我能透过布料看到她的胸罩。从头到尾她都没有赏脸往我这边看一眼。

这些人表面看上去平静如常，但他们很可能是在装傻充愣，故作不知道我在说什么。这俩人说不定暗地里从事什么非法勾当，我可能得跟他们对个暗号之类的，可雅洛并没有提前跟我打招呼。我轻叹了口气，雅洛提供信息永远只有半截，因为他总认为所有事情都能自行解决。这种船到桥头自然直的生活态度就是他的典型作风。在他眼里，这世上没有难题，只有无限的机遇。

他曾经无数次想拉我加入他的电话推销生意，也就是他所有业务的核心内容。从卖袜子和移动电话套餐合同，到某种紧急心理援助热线，无所不包。

"随便你挑，"他一再游说，"喜欢干什么就干什么。"

按照付费电话的费率来算，这项业务的关键是要诱导对方尽可能地多说话，通话时间越长越好。按照雅洛的说法，这一行不需要任何特殊的技能和经验，你要做的就是不停地说话。可说话不是我的强项。

"没关系，"雅洛告诉我，"你要是愿意可以来做塔罗牌这块。这个适合你。"

"我对塔罗牌一窍不通。"

"你很快就能上手的。只要拿一副塔罗牌坐在那里，再说点有的没的，说得越晦涩效果越好。跟你的风格很搭，安静又神秘。"

"可这些都不是真的。"

"哪有什么真的假的。相信我，你很快就能熟悉了。那些人就只是想找个人说话而已。"

我环顾这家干洗店。一面墙上挂着一幅画，和雅洛办公室里挂的是一种风格，凌乱，莫名其妙。这种画让我觉得不安，不愿意长时间盯着看。我总觉得它们就像一个光学陷阱，颜色鲜艳的图案可能会在你意想不到的时候变成任何东西。说不定干洗店只是一个幌子，用来给另外一个全然不同的业务打掩护。

我故作意味深长的样子将身体往前倾，一副阴谋者的姿态，至少我自以为是这样的。我想让他们知道我对这里的一切都心知肚明，什么也瞒不住我，不过他们完全不用担心我会乱说话。

我挑起一边的眉毛:"听着,雅洛都说啦,不会有问题的。"我故意说得很慢。

"雅洛?"

我对他挤挤眼,又点了点头。衬衣男人盯着我,露出厌倦的神情。

"太好了,"他也学着我的语气缓慢地说,"但如果你没有要干洗的东西,那我就帮不了你了。"

说完他转过身,开始整理包裹在塑料罩里的西装。

"这里不是彭迪加坦3A吗?"我问。

"这里是3号。没有A。"

21

那天晚上我走过马格努斯的公寓,那里看起来依旧空荡荡,废屋一般。我站在7-11便利店外面抬头看公寓楼上黑漆漆的窗户。我琢磨了一下,觉得几天前我看到亮灯的那个窗户不太可能是马格努斯的公寓。站了一会儿后我转身走进便利店,买了口香糖,然后在之前坐的位置坐下。我注意到收银员在偷偷看我。便利店里放着维罗妮卡·马乔①的歌,歌词在诉说眼下的状况真是糟透了。我想起面包店的女孩邀请我今天晚上去参加派对。她们有活动的时候都会来邀请我,因为她们确信我足够理智,不会跟比我小十岁或者十五岁的女孩有来往。

这条街上的广告牌和我家外面的一样,一个穿白色内裤的男人。可能是内衣公司的广告,也可能是须后水或者除臭剂。对广告商来说不幸的是,广告牌上有一处破损,不巧就在公司

---

① 维罗妮卡·马乔,瑞典歌手。

名字的位置，这一来就没法知道他们卖的究竟是什么了。

我又抬头看马格努斯的公寓，心里疑惑他究竟是不是那种有自杀倾向的人。他有什么理由这么干呢？在我看来，如果他现在选择自杀很奇怪，可以说根本没有必要。在学校的时候倒有这个可能，可是现在？完全没道理。

我还记得马格努斯曾经别在胸前口袋上的徽章，上面写着"活得拼命，死得年轻"。大错特错。戴一个这样的徽章很可笑。因为谁都知道马格努斯的人生既没有危险也不算刺激，压根谈不上"活得拼命"。他不喝酒，不抽烟，也几乎从来没有骑过摩托车。他只会跟我在沼泽地闲晃，或者坐在我的床上听唱片。哪里来的"活得拼命，死得年轻"呢。不过那只是个徽章，我也劝过他取下来，但他还是坚持戴着。

一对夫妇走进便利店买了一瓶可乐，在两人接吻的间隙一起喝了。我坐了一会儿，觉得很累，我想到如果是马格努斯在，他可能已经站起来，然后毫不羞怯地盯着这对爱侣看。他会认为这是很甜美的事。当然了，如果你还是青少年，这么想也正常，但很快你就会吃苦头了。等最初的甜蜜和新鲜过后，一切又回归正常，那时候你就会明白这种事有多么麻烦。至多只在一开始感觉很有意思，但随后不和谐的声音开始出现，你不得不妥协，不停地改变自己的习惯，还没等你反应过来，嫉妒和争吵也开始了。纵使对方在你眼里有多么迷人又风趣，最终都免不了生出无数麻烦，任凭你如何努力也理不清的乱麻。为了一日三餐吃什么吵架，为了跟什么人见面也要吵。如果对方也收藏唱片的话，那你们就会为了能不能把各自的收藏合并起来而争吵一番，如果她不收藏唱片，那就是另一种情景，没完没了地讨论究竟为什么要收藏唱片，想听什么直接下载不就好了吗？突然有一天你茫然地看着家里的桌布和窗帘，怎么想也不明白，这些东西是否真是你想要的。于是你开始咆哮，伤心，曾经荡漾在心里的幸福变成数倍的痛苦又塞回给你。

马格努斯不断地以一种非常不健康的方式，发疯似的爱上各种各样的女孩。他会将某个女孩跟一种类型的音乐联系在一起，总是把情歌的歌词和现实世界混为一谈，在想象中把音乐当成示爱的方式，可基本上永远没有勇气去接近任何一个心仪的女孩。结果就是眼睁睁看着她们和别人走到了一起，只留下自己郁闷伤心。我不记得有多少次和他坐在一起，想尽办法去安慰他，反复发表我对这个问题的想法，而这些想法通常又被卷进我父母的可怕例子中———一段永远处在不和谐边缘的长期关系，就像一首阿兰·佩特松[1]的冗长交响曲。我不断地劝马

---

[1] 阿兰·佩特松，瑞典作曲家。

格努斯认清现实。要让自己更强大。坚不可摧。否则就只有被伤透心的下场。不过我想他永远也没有想明白这些道理。

我突然想到，或许我该回到那个马戏团，找那里的人谈谈。说不定他们知道马格努斯去了哪里。我还记得在学校里学到的一个古老法则：如果在树林里迷了路，或者找不到同伴了，那你应该回到和他们走散的地方耐心地等，找一棵树之类的东西死死抱住不要动。

可我又突然意识到我根本不知道那个马戏团在哪。我和马格努斯一起去的时候一路上都在说话，所以并没有留意路线。但估计就在几个站之外的那个空地，来表演的马戏团通常都在那个地方扎营。

活得拼命，死得年轻。我想这取决于你看待事物的方式。我从椅子上下来，走进春天清凉的空气中，戴上耳机，打开便携CD播放机，朝着车站的方向走去。

走进候车大厅，我看到几个工人正在修理通向站台的升降梯。一个穿反光涂料背心的男人示意我摘下耳机。

"哪条线？"他问我。

我低头看看CD播放机。

"二号。"我回答。

"走那边。"他指的是一个临时楼梯。

我走下楼梯，然后上了一列车，去三站外寻找那个马戏团。

我从车站末端最靠近空地的出站口走出来，几乎没有察觉整条街道只有我一个人。一直走到马戏团扎营的草地我才抬起头，结果却发现那里什么也没有。整个场地空空如也，只有荒草高高立着，随着微风摇荡。既看不见营地，也不见马戏班的篷车。

就好像那个马戏团从来没有来过一样。

22

那天夜里电话又响了。

"马格努斯?"我接起电话问,可没人回答。只有呼吸声再次传来。仿佛给我打电话的人是个哑巴,想说话但又不能。会是马戏团的人打来的吗?呼吸声听起来很不安,似乎这个人在恐惧什么。

"马格努斯,是你吗?"我又问。

没有回应。

我到电视机前坐下,没有打开电视。我坐了很久,看着自己投在屏幕上的影子,听着电话里那人的沉默。就这样过了很长时间,我们谁也没有说话,我站起来把杰夫·巴克利[①]的《丁香酒》放进立体声唱机里,然后把话筒凑到扬声器的近旁。

一曲播完,我挂掉电话爬到床上,躺在被子上翻看最新一

---

① 杰夫·巴克利,美国创作型歌手。

期的《未删减》①。没有我特别感兴趣的内容。我无法集中注意力。那个马戏团为什么会突然消失得无影无踪?一整个戏班的人和一众车队就算搬走,怎么可能一点蛛丝马迹也不留下呢?至少草地会有被踩踏压平的痕迹,不是吗?场地上多少也该留下一点的东西才对,几片装饰品碎屑、小卖部丢弃的一次性塑料杯和纸巾,这些怎么都没有?为什么一直给我打电话的人什么话也不说?还有,马格努斯在镜子里冲我挥手是什么意思?

我一定是迷迷糊糊睡过去了,因为再睁开眼的时候我发现整个公寓都黑了下来。我坐起来,盯着一片漆黑的房间,一时间难以确定我是睡着还是醒着。但我想在睡梦中听见电话铃声是很奇怪的。铃声一遍又一遍地响着——是那种老式电话的铃声。我接起电话。是马格努斯打来的。

"喂?"

"你好,我是马格努斯·加布里森。不过是很久以前的我。"

"什么?"

"你有没有科特·柯本②的电话号码?我是说他小时候的号码。"

---

① 《未删减》,英国权威音乐和电影月刊。
② 科特·柯本,美国歌手。

23

第二天是没有任何事发生的一天。总之没有什么不寻常的,无非就是周三该有的那些事。

醒来,去上班,工作,吃午餐。

在这天我看到炒面,觉得它似乎很不错,之后再看着炒面,又觉得它很恶心,而在这两种反应的变换之间,我吃了很多炒面。此外便什么也没有发生。

我想把西娜·阿斯顿放到王子和"温迪与丽莎"[①]之间,因为这样的摆放才是合理的——理论上合理——但感觉还是不对劲。

最后我决定考虑雅洛的建议,写一封信。我找来笔和纸,坐下开始写。

"亲爱的马格努斯!"我在开头写道,写罢又担心这样的开

---

① 西娜·阿斯顿,苏格兰歌手、演员、流行天后。"温迪与丽莎",美国二人组合。

头太浮夸，转念又决定不去在意这种无关紧要的小问题。我不能在没用的细节上纠结。重要的是和马格努斯取得联系，而不是写信的腔调。再说"亲爱的马格努斯"这个称呼听起来也还不错，很有仪式感。写信的感觉很好。最后我以"最好的祝愿"作为收尾。

我把写好的信装进信封，写上他的地址，贴上邮票，然后出门寄出。

那个下午我都在听"录音机"乐队的《屋顶的诗》[①]。

这是一个一切看起来都很正常的日子。我推断马格努斯·加布里森不可能自杀，这个推断在星期四得到了证实。

---

① 《屋顶的诗》，比利时-德国乐队"录音机"乐队2012年发行的专辑。

24

星期四一整天我都在面包店的柜台后面,哼着洛福斯·温莱特的《八点钟的晚餐》,一边服务那些要买毕业帽形状的蛋糕和点心的老女人。我很高兴我哼的不是《爱情与婚姻》,但我也不知道《八点钟的晚餐》会不会起到相反的效果。

下班后我去"唱片之王",花了好长时间寻找上次看到的洛福斯·温莱特的唱片,可是始终都没有找到。难道唱片被卖掉了?"唱片之王"竟然还有别的顾客?

我回到家,学着洛福斯·温莱特的风格大声唱歌,唱给自己听。我换上一件衬衫,但是闻到了一股汗味,于是又换了回去。

我试着把所有的摩城唱片[①]往下挪三层架子,可立刻发现,这么一来架子另一头的唱片就全乱了套,老派嘻哈音乐跟《美

---

① 摩城唱片,1959年创立于美国底特律的唱片公司,由非洲裔美国人巴瑞·戈迪创建,签约的主要是黑人歌手。

国志》①挨在了一起,我只能又把它们全挪回去。

我发现一罐前天打开的甜玉米罐头,端起罐子狼吞虎咽地吃了下去。甜玉米有一点金属的味道,但还可以。我又想着把"她和他"挪到扬·M.C.②旁边,随即摇摇头,对这个想法轻笑了一声。虽然我一点也不愿意出门,但还是决定去见一见丹松。

沿着"唱片之王"那条街再往前一点有家酒吧,过去在黑胶唱片兴盛的时期还叫"唱片之王"酒吧,如今已经变成了一家爱尔兰主题吧,"唱片之王"的招牌早已不在,不过光顾的客人还是同一批,音乐品位也维持着曾经的水准,不用想,"唱片之王"的老板就是要来这里当DJ。

我到酒吧点了一杯啤酒,在吧台前坐下。我选了个旁边有把空凳子的位置,表示我在等人。期盼丹松能早点出现。

我独自一人坐在那里听了很长时间的音乐。我很想让"唱片之王"的老板放《八点钟的晚餐》,如果他的曲库里有这首歌的话,但马上就否决了这个想法。我从来没有请酒吧DJ放过

---

① 美国独立摇滚乐队"后裔"乐队1998年发行的一张专辑。
② 扬·M.C.,美国说唱歌手。

歌，现在也不打算开这个头。我又要了一杯啤酒，想起我在报刊亭读到的一篇关于唱片收藏家的文章。想到文章里"音质轻盈"这个词，我一下子恼火起来，这时一个人打断了我的思绪。

此刻杰夫·贝克①的《自作自受》正放到一半，亚纳·马克斯泰特突然站在我面前挥手。我表露出见到多年未见的故人时该有的欣喜，一副盼着了解他一切近况的模样。

"亚纳？"

"是我，"他咧着嘴笑，"真是很久没见啦！"

他身上有一种很熟悉的感觉，那是从过去就一直存在并且可能永远不会改变的一种气息。他晃动脑袋的样子和说话的方式、整个的肢体语言，还有那种硬摇滚的特征都让我觉得熟悉。但我看到他老了不少，头发灰白，发际线后退，一个真正的大人形象。什么时候变成这样的呢？我一直觉得我们是同龄人，起码我感觉是这样的，尤其我们还曾是同班同学。

我实在不知道该说些什么，只好大声问："最近好吗？"

"很好。"他回答道。我注意到他在随着扬声器里的吉他轻轻摇摆身体。

"再见到你真高兴，"过了一会儿他又说，"你还跟别的同学

---

① 杰夫·贝克，吉他手，格莱美最佳摇滚乐器演奏奖得主。

有联系吗?"

"没有了,"我回道,"你也知道,就这么回事。"

我想到我是尽一切可能避免跟过去的任何事有联系,基本上那时候的人我只跟雅洛和马格努斯还有来往。我想了想从前在学校时亚纳跟我有过什么交集。基本什么也没有。他是硬摇滚迷那派的,总是跟在丹尼斯和他的党羽后面。一个缄默不语、在一旁观望的人。

亚纳点点头表示理解。虽然他很可能都没听到我说了什么。突然,他皱起眉头,表情也变得严肃起来。

"真糟糕,你朋友马格努斯的事我都听说了!"他大声说道。

"他怎么了?"我也扯着嗓门回道。

"就是那家伙,马格努斯。他是你的朋友,不是吗?"

"你听说什么了?"

"很糟糕的事。"

"什么?"

"他自杀了。"他说。

一口啤酒呛进喉咙,我猛地咳嗽起来。亚纳凑过来给我拍背,但我举起手拦住了他。

"你说什么?"等咳嗽压下去,我扯着嗓子问他。

"我跟他也不是很熟,但发生这样的事真是太可怕了,你说是吧?你没听说吗?"亚纳大声地说。

我盯着他:"他怎么自杀的?"

他凑近我说:"在马戏团。"

我一只手抓住桌子,端起啤酒猛灌了一大口,摇了摇头。

亚纳继续在我耳边大吼:"是用玻璃碎片。"

"玻璃?"

"对。镜子上的玻璃。"

"哪里?"

"在马戏团。听说在魔术表演的时候他走到台上就这么干了。你敢相信吗?魔术师都吓疯了。"

"你怎么知道的?"

"这个嘛……我听人说的,他应该想宣示之类的。"

25

之后我再也坐不住了，突然觉得心烦意乱，一刻也没法在酒吧里待下去。我耐着性子听亚纳在我耳边吼了半天以前同学的事，然后借口上厕所，拿上外套溜了出去。丹松一直没有出现。我为什么就没有一个正常的朋友？

我沿着昏暗的人行道走着，在地上水坑反射出来的明暗不一的光影里进进出出，感觉皮肤紧绷。亚纳确实有些八卦，也不难猜出他是从哪听来的消息。但马格努斯·加布里森是失踪了，这是事实。只是他究竟在哪里，是不是真的自杀了？

我感觉到有一点醉意，不知道是不是要哭了。可怜的马格努斯，我想着，你去了什么地方？我感觉心跳得很快，发现自己几乎快跑起来了。我放慢脚步，深吸了几口气。我尝试分心，想想我的唱片收藏，可连唱片也不能让我的心情好起来。我忍不住想，马格努斯是不是也是从这个起点开始的？

在上七年级或八年级前我都没有真正意识到马格努斯有多古怪。当然我知道他是有些与众不同，但在那之前我们在一起的大部分时间都是在沼泽地闲晃时聊音乐，还有发明游戏自娱自乐。过去我们好像什么都聊，又好像什么也没聊过。有时候我们会走上好几个小时，沿路收集没用的垃圾，然后做成各种各样的东西，让它们顺着每年雪水融化后形成的溪水漂流而去。

我们有自己的世界，在这里面任何东西都无须拿来跟外面的世界比较。无论多么怪异的事在我们的世界里都是正常的。不过在我升上中学以后，我终于发现马格努斯和别人不一样。他是真正的怪异，比我更像个异类。

首先他打从心底地害怕其他人，几乎过着与世隔绝的生活。我开始怀疑他其实根本没去上学。他的旧背包总是松松垮垮地挂在身上，看起来里面什么也没有。我从没见过他的课本，他也从来没有过要着急赶回家做作业的时候。如果我提议去跟其他人见面，他一定会先看一眼他的电子手表，然后说要去别的什么地方推脱掉。如果有其他人跟我们在一起，他便不再多说话，而且每次都找个借口匆匆离开。

马格努斯不太注意个人卫生，有时他身上会有难闻的气味。我们之间轻松自在、无忧无虑、快乐相伴的时光逐渐变成了相互厌倦的折磨。他永远不愿意尝试新的事物,我们年龄越来越大,但还在做从前那些幼稚的事情,到最后已经让我觉得丢脸。我们开始互相烦厌,也开始为了一些愚蠢的问题争吵,比如该喜欢哪个乐队之类的。他对于合成器音乐的界定有自己的坚持,而这些固执的看法越来越让我感到窒息。

"所有类型的音乐我们都要听。"他用责怪的语气跟我说。

"我们要听好的音乐。"我说。

"也就是说所有类型的都可以。"他说。

"不是什么都可以,只要好的。"

"不都听听看的话,你怎么知道什么是好的?"

这类争论通常是以我占得上风收场,但这样并不会让我感觉良好。马格努斯仿佛没有自己的主张,看起来似乎很乐意什么都不做,只任凭我做主。最终我们能做的就只是来到我的房间,各自坐在一个床角听唱片。两个人都不说话,也没什么好说的。我本来觉得这样的状态比较舒适,不带威胁,但一段时间后就开始无聊了。尽管马格努斯可能并没有这种感受。

"我们可以再从头听一遍《管钟》[①]吗?"他问。

"可以吧。"我答。

[①] 《管钟》,英国作曲家、电子音乐大师、知名吉他手麦克·欧菲尔德的首张个人专辑。

于是我们就听了《管钟》。

这种感觉好像婚姻，或者是人们口中结了婚的样子。你必须守在家里，必须时刻坐在餐桌旁，重复说着已经说过一千遍的话。绝对不能跟朋友出去玩，要是你去跟其他人见面，就要经受良心的谴责。我想我还没有到谈结婚的年纪，更没有到要考虑跟马格努斯这样的人过一辈子的地步。总之，让我烦恼的是他永远改不掉的孤立不合群，还有他过分的懦弱。

我越来越希望他能更强大一些，至少再外向合群一点。比如说只要马格努斯在我身边，想要结识女孩子就会变成一件很困难的事。对于想要认识什么样的女孩、这个过程应该是怎样的、谁该按照什么样的顺序说什么样的话，他都有着非常坚定的看法。可如果碰到这样的机会，他又总是选择躲开，并且大多数时候他都只希望我陪着他。

当然了，他没有别的选择，也没有更好的办法。除了我他没有任何朋友。然而我和他见面的时间还是越来越少。在学校里，我偶尔也会摘下耳机，和同学说话。讨论作业，或者聊聊今天的午餐菜单之类的。在马格努斯和我搭建起来的那个幽闭狭小的世界之外还有另外的生活，对我来说，这种生活里还附带着一大堆重复、令人讨厌的恶作剧,尽管没有那么轻松,却也没那么可怕。就好像是一种既定的常态,我就是众人取乐的对象。久而久之我也能更好地去应对了。基本上是接受它们。

有那么几次我觉得自己,不能说受欢迎,但至少是被接纳了。有时甚至还乐在其中。我倒是不会对人恶作剧什么的,但我可以让别人开怀大笑。我也会想着做出一些蠢事来供大家娱乐。比如让他们用力拽我的背带,再猛一撒手,背带重重弹回到我身上。或者是撞墙,我干过很多次,通常很受欢迎。玩法是我以最快的速度直奔一面墙撞上去,引得围观的人一阵哄笑。

还有一次,我趁大家都站在储物柜旁的时候,握紧拳头,使出全力去砸我的储物柜。周围的人的目光全被我吸引了。每一次柜门被我砸出响声,丹尼斯和泽伦就会欢呼一下。这样的反应让我大受鼓舞,于是我不停地挥动拳头,直到手指关节流出的血糊满了整个柜门。

马格努斯永远不理解这些。他不理解必要的时候得有一点牺牲自我的精神。他认为这是在出卖自己。每次我跟他说这些事的时候,他都会给我一个嘲弄的眼神,露出轻蔑的表情。我不觉得他有资格来评判我,也不认为他有权利看不起我,我不过是付出了一点努力去适应环境，不像某些人。就算他不说出来我也知道他心里在想什么。他的态度让我不满。为此有几次我还冲他大吼大叫，但过后又感到愧疚。好像我做错了什么。我让别人失望了。

不管怎么说，我所做的还是有了一点成果。

一天早上，我竟然有了个和丹尼斯说话的机会。我和他同时达到学校门口，本来应该打开的校门不知什么原因依然紧闭着。丹尼斯用力地敲着玻璃。看到我后他问我在听什么音乐，我随即提了几个，但他可能一个也不知晓。我们两个在校门口站了一会儿，至少也有好几分钟。最后他问我能不能用我的耳机听一听。

我飞快地看了一眼随身听里的卡带，认为这盘应该可以，于是把耳机递给他。如果是一盘更加硬核一些的混音带会更理想，可惜这天我带的是"蓝色混录"，里面收录的是"宣传部""亚祖""布朗斯基节拍"和"软细胞"合唱团[①]。不过也拿得出手。丹尼斯点点头，接过我的随身听，把耳机戴到他的大脑袋上。我看到他的身体随着音乐轻轻摇摆，似乎挺满意。

---

① "亚祖""布朗斯基节拍"，英国合成器流行乐队。"软细胞"合唱团，英国二人组合乐队。

"歌儿不错，"他说，声音略微提高了一些，"借给我怎么样？"

不行，绝对不可以，甭管什么都没门儿。谁也别想借走它。我的随身听就是我在学校的庇护所，是我的私人领域、我的圣殿。我宁愿把我妈妈或者马格努斯借给别人，如果我有积蓄也会毫不吝啬地倾囊而出，但我的随身听不行。我的随身听就是我的一部分，那些歌曲和音乐才构成了完整的我。

然而这个人是丹尼斯，这就足以推翻一切了。

知道丹尼斯竟然来借我的东西，必定会让其他人刮目相看。他戴着我的耳机，样子看起来是那么开心，几乎是满怀期待。好像那些音乐——我的音乐——已经深深打动了他。仿佛他已经改变了对合成器音乐的看法，还有对我的态度。这种情况下我根本不可能拒绝他。说不定这就是开始——就算不是友谊，最起码也标志着我从此可以进入他那个圈子了。

我不是没有类似的经历。我和马格努斯的友谊就是这样开始的。既然现在我和马格努斯的相处已不如以往，迈出这一步不是再自然不过的吗？说不定从此以后我和丹尼斯就成了朋友呢？一想到他带着我的随身听在校园里行走，和别人说他在听什么歌的时候提到我的名字，我心里就一阵狂喜。而且我们还有了再次见面的理由。

玻璃门的另一边，学校看门人拿着一大串钥匙急急忙忙来开门。我的机会转瞬即逝，我必须立刻做决定。那扇门很快就会打开，意味着我和丹尼斯短暂的偶遇就要结束了。

"没问题，"我把心一横，"不过放学后要还给我。"

"好极了。"丹尼斯说着，没等跟我约定归还随身听的时间地点，就从门口钻了进去。

那天之后的时间里我都处在怪异的亢奋情绪中。没有音乐仿佛就像扒光了我的衣服。周遭所有的声音都变得异常嘈杂刺耳，让人难以思考。我感觉自己走在一个全新的世界里，但又有一种奇异的畅快感。因为现在我和丹尼斯之间有了一份秘而不宣的默契，虽然我们没说过几句话——这是当然的了，大体上一切都还是老样子，你不能指望很快就有什么改变发生——但这个契机依然给了我一个全新的角度去看待他。丹尼斯在很多方面都比马格努斯更完美。他善于交际，有天赋，是个天生的领导者。他数学和理科的成绩在班里名列前茅，而这些全是我成绩最烂的科目。我比较擅长人文类的科目，所以我和他必定能成为一个绝妙的组合。

我感觉自己收到了一张邀请函，从此便有资格进入另一个世界。诚然这个世界会更加艰难、更加复杂，但同时也更加有趣，狂野而莫测。也许我应该走出固态，迈入这个嘈杂、混乱、激烈的世界，以便能在……怎么说呢，现实生活中占有一席之地？

与此同时，音乐也在另一个方向发挥作用。现在丹尼斯正在听的歌，它们就像在我们之间搭起了一座潜在的桥梁，慢慢将我们拉近。在《原谅我的嘲笑》的打击乐前奏一响起时，他便情不自禁地随着节拍摇摆；或者是《P：机器》中激进的贝斯演奏，它不停歇地对他发起进攻，直到让他起鸡皮疙瘩。如果丹尼斯听到这首歌末尾的贝斯连复段，一定会让他永生难忘；还有戴夫·高瀚在《黑暗庆典》[①]专辑里唱到"这只是时间问题"这一句时。我想我完全可以给丹尼斯录一盘专属于他的混音带，我愿意为他做这件事。我仿佛已经看到了我在给他讲述这些专辑是如何伟大时的样子。我们两个之间看似不可能发生的组合，说不定也会对他产生积极的影响。说不定他早上主动和我搭话时心里就是这么想的，即使他自己都还没意识到。也许他的潜意识中萌发了想要拓展音乐品位的愿望。不管怎么说，他迈出了第一步……这会是我们向成年人转变的开始吗？从此

[①] 戴夫·高瀚，"赶时髦"乐队成员。《黑暗庆典》是该乐队1990年发行的专辑。

文明、得体地相处；能互相学习，看到彼此身上的优点；承认差异，把对方当作开拓人生的财富？

我想我愿意和他分享我的随身听。每隔一天交换一次。当然，没有随身听的日子会很难熬，但帮丹尼斯做几盘混音带倒是很有意思，尤其是一想到他会带着我做的混音带到处走动我就更加振奋了。当然他也可以制作他喜欢的混音带。这会是合成器音乐和硬摇滚的碰撞，是建立音乐对话的第一步吗？总之我不顾马格努斯的反对，开始尝试听一点"拉什"乐队和"范·海伦"乐队[①]的歌，在我听来他们的摇滚味会轻一些。可以说，我已经开始进入这个领域探索了。我得记着把这事告诉丹尼斯。另一方面我也有必要找出一些能和硬摇滚建立共通桥梁的合成器音乐。我也开始为我们的第一盘混音带考虑合适的曲目了。

课间休息的时候，我看到丹尼斯把我的随身听拿给班里的几个女生看。我意识到，如果趁这个时候接近他们应该会容易一些。

这是一个十分微妙的局面，必须处理得当。我得尽力为他着想，不能过早地显露自己的存在，不能想尽快取得成功。毕

[①] "拉什"乐队，加拿大摇滚乐队。"范·海伦"乐队，美国摇滚乐队。

竟丹尼斯得为自己的名声考虑，要是别人看到他突然跟我这样的人在一起，那显然是很不正常的。这种突如其来的改变可能会让他身败名裂。转变需要逐步发生，几乎是微不可察的。这样的事不可能在一夕之间改变，所以眼下最好的做法就是暂时保持低调，让我们之间的友谊慢慢成长，让任何人都察觉不到我们俩之间的距离是怎么拉近的。当然是通过交换混音带和讨论音乐了。

一整天我都注意保持距离，丹尼斯也是。尽管看起来他表现得并不是那么刻意。

放学后我和其他人一起来到储物柜前换衣服。我稍微逗留了一会儿等丹尼斯。看到他脖子上挂着耳机，腰上挂着我的随身听出现后，我立刻迎了上去。我并不打算借机多待片刻，只是想确认一下他是不是想现在把随身听还给我。很快就能结束，几乎不会引起注意，甚至连话都不必说。之后我立刻就会走开。可还没等我走到他跟前，泽伦·拉内波突然冒出来挡在了我前面。

"你要干什么？"他说着把我往后一推。虽然不是很用力，但也让我的身体一晃，差点没有站稳。

"我只是想去取一样东西。"我说。

"什么东西?"他问。

"我想要回……我的东西。"我说。

"你少废话。"泽伦又推了我一下。

不是很用力,但足以让我知道,我想走的路已经被他封堵住了。

我看到丹尼斯就在前面,期待地等着他转朝我们这边,然后发话,告诉大家不必拦住我,现在已经不是过去了。等看清来的人是我,他就会帮我摆平所有麻烦。他会把我的随身听还给我,一切皆大欢喜,我大获全胜。(最终甚至连泽伦·拉内波也会接受合成器音乐和摇滚乐即将和睦共处的事实。)可不断有人过去跟丹尼斯说话。他的四周围满了他的仰慕者。我看到他们在摆弄我的随身听和耳机。

"快滚!"泽伦说道。

"可是……"

"你耳朵聋了吗?我叫你快滚!"泽伦说罢又推了我一把。这次更用力,我没站稳,跟跄地跌坐在地上。他可能不是故意的,但跌倒时我的尾椎被压到,脊柱也受到了冲击。

我坐在地上,周围的人从我旁边走过。我心想或许应该多等一阵再去找丹尼斯,最好是在他身边没有那么多人围着的

111

时候。

我小心翼翼地跟在他们后面，保持安全的距离。看着他们进出一个个商店，也许他们在艾伦百货商店偷了点东西。我的耳机在他们几个人手上传来传去，但丹尼斯始终自己拿着随身听，我觉得他对待我的随身听格外小心。

等到他们只剩三个人坐在购物中心的长凳上时，我大着胆子靠近。我看到丹尼斯往我这边看，还没等我反应过来时我已经高高举起手跟他打招呼，一副热情过头的模样，我立刻意识到这样很蠢，连忙把手放下，朝他们走过去。

这时候泽伦已经离开，但和我们同级另一个班的男生站起来拦住了我。我记得他的名字叫约翰，他爸爸有一台康懋达64电脑。

"你干什么？"他问。

"唔……我想来拿我的随身听。"我回答。

"你说什么？"约翰扬起眉毛，偏过头用耳朵对着我，好像没有听清我说的话。

"我只是想要回我的随身听。"我嗫嚅道。

"谁拿了你的随身听？"他咧着嘴笑着说。

我瞥了一眼丹尼斯那边，另外一个男孩坐在长椅上看着我们。我想这可能是丹尼斯的风格，故意要让我局促不安。他派出一个亲信来试探我，像是举行某种入门仪式。所以我一定要在他朋友面前保持冷静，这是必过的一关。即便如此我还是没法如自己想的那样镇定自若。我试图扯出一个笑脸，却像紧张得面部抽筋。

"你的随身听在哪？"约翰又问。

我看看他，又看看另外两个人，最后伸手指指丹尼斯手上的随身听。

"不对。那是丹尼斯的，"约翰摇摇头，"你拿走了算什么，这不就成偷了吗，你说是不是？"

"唔……听我说，那是我的。"

"你说丹尼斯的随身听是你的？"约翰又咧开嘴笑起来。

我还在等，希望丹尼斯能表个态什么的，可他只是坐在那里若无其事地看向我们这边。他不时地跟旁边的男生交谈几句，好像在讨论我和约翰之间出了什么事。

"你可以自己看看，"我说，"我的卡带就在随身听里。"

"是吗？是盘什么带子？"约翰说。

我不想大声说出来。"卡带上有标签……"

"是盘什么带子？"他又问了一次。

"'蓝色混录'，"我的声音低得快听不见了，"标签上写着

'蓝色混录'。"

他的表情亮起来。

"'蓝色混录'？"

我点点头，他对我笑笑，然后转身对着另外两个人。

"随身听里的卡带是叫'蓝色混录'吗？"

他们打开随身听，里面是一盘"铁娘子"的卡带。

"不好意思，"约翰转过头对我说，"不是你说的'蓝色混录'。"

他们合上随身听的盖子，约翰耸耸肩。我想知道我的卡带去哪了。是不是被他们扔了？

"可随身听是我的。"我尖叫起来。

约翰脸上的笑容消失了，他看着我，露出了不耐烦的表情。

"你是说丹尼斯偷了你的随身听吗？"

"没有，"我连忙摇头，"是我借给他的，现在他得还给我了。"

"他得还给你？哎哟哟，这是非常严重的指控。"说完约翰转向长椅上的两个同伴，他对丹尼斯说："'蚂蚁'说你偷了他的随身听。"

"我没有……"我喃喃地想要辩解。

我诅咒自己的急躁。此刻的状况正是我和丹尼斯应当努力避免的。我们应该慢慢来，自然而然地发展。（让合成器音乐和硬摇滚缓慢但肯定地彼此靠近。）我一整天都是这么对自己说的。如果我能再多一点耐心，这些事就不会发生了。谁知道呢？说不定丹尼斯对我们下一步该怎么做有自己的计划。也许在他的计划里一切都该以更缓和的节奏来进行，结果我的急不可耐毁了他所有的安排。现在他一定在想，相信我这种人简直是一个天大的错误。我干了蠢事，出尽洋相。可突然间我一点也不想去考虑他怎么想，我也不在乎什么伟大的改变了。我只想再次蜷缩进音乐里，就像往常一样。

"我就想要回我的随身听。"我哭喊着，发出的声音就像个小孩子。

"那不是你的随身听，"约翰一字一顿地对我说，"你在胡编乱造，全都是你想象出来的。"

他用手指敲敲我的脑袋。

"你要学会区分想象和现实。"

这时丹尼斯旁边的男生站起身朝我们走来。

"你是说丹尼斯偷东西吗？"他问我。

他在我面前站定，狠狠地瞪着我。我不知道该说什么。

"是吗？你是不是在指控丹尼斯偷东西？"他又说了一遍。

他抬起手扇了我一耳光，没有一丝停顿，眼睛都没眨一下。

我耳朵立刻嗡嗡作响。我倒吸一口气。这一下来得太快。现在他又开始说话了。

"你跑来这里就是要指控丹尼斯偷你的东西，是吗？"他的语气很平静。

我的脸颊像火烧一样。大脑已经没法思考。

"我只是想要……"我开口说话，可还没等我说完他的巴掌又扇了过来。我吓得蹲下来，感觉眼泪涌上眼眶。

我本可以逃跑，甚至可以平静地走开。不会有人拦着我。但是我的随身听还在丹尼斯手上，而在当时这比什么都重要。于是我没有动。

"拜托，我只是想……"

他又扇了我一巴掌，还是在同一边脸颊上。我像个小婴儿一样尖叫起来，而他继续用平静的声音说话，他的声音就好像跟他的手没有任何关系。仿佛跟我说话的是一个人，而打我的又是另外一个。

"你倒是告诉我，"那个平和的声音继续说着，"你在指控丹尼斯偷东西，是这样吗？"

尽管我的脸颊火辣辣的痛，但我还是不能就这么走了，这意味着我会永远失去我的随身听。我视线模糊，我意识到我在哭。我还想说点什么，但立刻打住了。

在极度的惊慌中我试图冲上前抢夺我的随身听，但当然没用。约翰和另外那个男生毫不费力就把我架开了。他们一个抓住我，另一个用拳头狠狠打我的肚子，他们还跟我说，我必须道歉。

26

我已经很久没有想起这些事了。这样的事也不值得每天翻出来回味。但从"唱片之王"酒吧回家的路上,所有的回忆和画面却不受控制地回来找我。我没有直接回公寓,而是走到后院,在游乐区的一条长凳上坐下。就这么干坐着,感觉很想抽上一支烟。尽管已经是午夜,但光线依然明亮。我能听到远处高速公路上传来的隆隆声,混杂着附近公寓楼里学生开毕业庆祝派对的欢闹声。这是一个美好的初夏之夜,适合在露台喝酒,或是到昏暗的水中裸泳。我往前一滑,脖子正好能靠着长椅的靠背,用半躺的姿势仰望明亮的天空,看着看着我渐渐辨认出了几颗星星。

我头一次感觉到,我不仅仅只有往前的人生,我的身后同样有一段人生,一段再也无法回去的过往。和女孩一起游泳的夏日夜晚,戴着毕业帽憧憬着未来。年轻无业,在得到第一份工作时雀跃不已,有不安,更有期待。过去的不止有我的童年,还有一段成年后的人生。

我努力在脑海里搜刮能想起来的星座名称。它们叫什么来着？大熊星座和小熊星座。这是北斗七星。不对，应该是别的什么。况且现在这个季节也看不到北斗七星。

我突然被天空中星星之间无比遥远的距离所震撼。只有从距离它们很远的这里看去，它们才彼此有关联。星星自己根本不会意识到它们组成了某个星座，当然了，这是在星星有意识的前提下。需要拉开一段极长极远的距离才能观察到它们之间的联系。而从星星所处的位置来看，马格努斯·加布里森和我一定就是两个互不相关的个体，两个难以区分出不同的小点。对于不了解实情的人来说，可能还会认为我和那个一直打电话来的人有特别的关系。

27

因为弄丢了随身听，我被妈妈狠狠骂了一顿。她说我让这个家花了太多钱。然而我没办法开口解释随身听是我借给别人的。妈妈很明确地告诉我，绝对不会再给我买一个。她说，我们没那个闲钱。末了她又说那副耳机时刻黏在我耳朵上，没有也未尝是坏事，还劝我早点习惯。

"你得多花点时间活在现实里。"她说。

"如果我们两个一起上，就能把我的随身听抢回来。"第二天我对马格努斯说。

我和马格努斯坐在沼泽旁边，没有音乐，我们的耳朵里只有空洞的寂静。我们把石子扔出去，听着它们无力地落入水中，发出扑通一声响。马格努斯倚着一截树桩坐着，两个膝盖顶到了下巴的位置，鼻子搁在一个膝盖上。没有随身听的日子完全不同。就像走进了一个未知的世界，所有的秩序规则都变了。

一切都那么不对劲，无所适从。就连马格努斯也不一样了，他变得比从前更矮小，脸色也更加苍白，带着惊恐和不安。最近一段时间我都没怎么见过他。看得出，他很想念音乐。

"我们能打赢他，"我说，"只要咱俩联手。"

"另外那两个人怎么办？"马格努斯说。

"我们要等只有他一个人的时候再动手。"

"他什么时候一个人？"

"他总会有落单的时候。"我说。

"没用的。"

"为什么？"

马格努斯摇摇头。"就是没用。这么做没有意义。"

"当然有意义。如果是我们两个对他一个，就有把握制服他，然后拿回我的随身听。"

马格努斯将脸颊埋进了两个膝盖之间。

"万一随身听真的不是你的呢？"他说，"毕竟里面的卡带确实不是你的……"

"当然是我的，那是我借给他的。"

他叹了口气。

"你就不能再买一个吗？"

"用什么买？"

"那就偷一个。"

马格努斯偶尔会偷东西。我从没干过。他就好像一个透明人一样，谁也不会去注意他。马格努斯实在太不起眼，没人会怀疑他能干出什么坏事。他平静地为一克朗的糖果付钱，可任何人都不会想到，其实他口袋里塞满了巧克力棒、棒棒糖和电池。有时甚至还有音乐杂志。

"不行，"我说，"只要我们两个一起去，就肯定能打赢他。"

我踢翻一个漂浮在沼泽边缘的旧金属柜子。马格努斯皱起眉，叹口气，发出一声闷哼。

最终他同意了第二天去试试看。我们详细地计划整个过程，安排好所有的步骤和执行顺序。我们要突然扑向他，最好是趁他还没反应过来的时候。我负责抱住他，由马格努斯去抢随身听。等他得手后就给我个信号，然后我们一起跑。我们还在旧油漆仓库后面练习了几种不同的踢打方式，告诉对方他很可能会反抗，那势必会回击我们，关键在于一定要咬紧牙关顶住。忍着疼，不要他一出手就放弃。

"肯定会很痛。"我说，但不知道为什么说出来反而觉得没那么可怕了。

痛就痛吧。毕竟，所有的事都是痛苦的。

"'蓝色混录'！"第二天约翰一看到我就冲我大喊。

我吓了一跳，看着他们，不知道他们能不能看出我有那个计划。

"你好啊！'蓝色混录'！找到你的随身听了吗？"

我没作声。

丹尼斯依然挂着随身听在学校里到处走。现在看来它确实要比我的新一些，外壳的黄色也更鲜艳。那又怎么样？也许他擦拭过。接下来的时间我都尽可能避开他们。

放学后，我在邮局外面的老地方跟马格努斯见面。他很紧张，一副疑神疑鬼的样子，他一直在看他的手表，还不停地说话。而我必须不断地叫他闭嘴。

我们找到丹尼斯和他的同党后开始跟踪他们。很长一段时间他们都有好几个人，而且所有人走路都是大步流星，每一步都自信满满。所以要跟他们保持合适的距离就有点困难，一会儿是跟他们拉开太远，差点跟丢，一会儿又离得太近，险些被发现。

"要不我们还是回家吧。"马格努斯低声对我说。

"不行。"我说。

终于那群人开始散开，但丹尼斯和约翰似乎住同一个社区，因为他们始终在一起。他们两个走在一条长长的路上，路边耸立着气派的独栋别墅，一栋比一栋高大。两个人在前面谈笑风生，十分粗鲁地打打闹闹。我们就鬼鬼祟祟地跟在他们后面。马格努斯不时地捅捅我，催促我放弃。

"我们一点机会也没有，"他说，一边转动手腕上的电子表，"我们还是放弃吧。"

马格努斯身上散发着彻头彻尾的无助感。软弱无比，只想回避。我几乎能感觉到他在盼着我们失败。这一点惹恼了我，让我更加不可理喻地下定决心要完成这个计划。

"不行！"我的语气十分坚决。

"我们不会成功的。"他还在嘟囔着放弃的话，好像在念咒语。

"一定能行的。"我说。

太阳渐渐落下去，余晖笼罩着路边的独栋大宅和整洁的庭院，气派的沃尔沃休旅车停在路边大号邮件箱的旁边，也有的停在车道和庭院中宽敞的车库里，漂亮的院子里有吊床和旗杆。有几家甚至还有用防水布盖住的游泳池。

最终走在我们前面的两个男生互相击掌告别，丹尼斯用开玩笑的方式在约翰的肩膀上打了一拳，然后独自一人沿着那条路继续往前走。这时候已经很晚了，在昏暗天色的掩护下，马格努斯和我偷偷上前，距离他越来越近。

"就是现在！"我低声道，"现在就上，该死的！"

马格努斯站住了，摇了摇头。

"不。"他说。

我瞪着他。

"快啊！趁现在动手！"我咬牙低吼。

丹尼斯已经走开了。也许他就住在附近？要是我们再犹豫下去就会让他溜掉。错过这个机会一切都会成空。

"快点！"我催促他，声音提高了一点。

然而马格努斯依然站在原地摇头，害怕得几乎瘫软。他在发抖，甚至都顾不上看手表，只是一个劲地摇着脑袋，双手握紧挡在他的裤裆前，两条腿死死地并拢。我突然发现，他尿裤子了。一块深色的痕迹在他的牛仔裤上扩大。我知道我是绝对不可能再劝他去做这件事了。永远没戏的。

我当然不可能独自上去对付丹尼斯。他会把我打成肉饼。可此刻我觉得身体里充满了肾上腺素，如同一支已经开了弓的箭。况且我的随身听近在咫尺。看着丹尼斯慢悠悠地走在前面，离我越来越远，我迅速地做了决定，我要一个人去追他。

就在他转弯走进一所大房子外围的高树篱时，我叫住了他。

"丹尼斯！"我大喊，我走上车道，看到他站在车库前。

他转过身看着我，我觉得我在他身上捕捉到了一丝不安，至少在他没看出来的人是谁之前，他确实有那么一丝惊讶。

"你来这里干什么？"

我们僵持了几秒钟，我在想是应该现在就扑上去还是再等等，看有没有能占上风的机会。虽然他的个头只比我高几厘米，却有着不容置疑的优势。

"你想干什么？"过了一会儿丹尼斯开口道。

我的随身听就挂在他的腰带上，黄色的外壳微微闪光，与我只有一米左右的距离，我一伸手就能拿到它。如果该死的叛徒马格努斯在这里的话，一切都会很简单，他甚至什么都不用做，只要站在这里。要是他在这里就好了，我想。

"我只是想要回我的随身听。"最终我说道。

丹尼斯一咧嘴，露出了两排牙齿，一脸灿烂的笑。随后他转过身走上台阶，进了那栋大房子，一句话也没说。留下我独自站在车道上。他走了很久以后我都还在那里站着。

那天晚上马格努斯再也没有露面。要是让我看到他，我大概会冲上去揍他一顿。狠狠地揍。我顺着原路往回走，好几次听到树丛里有窸窸窣窣的声音。我大喊了几次，好让他听见，如果他就躲在附近的话。

"你是个没用的废物!"我大吼,"完全是一个废物!"

那天之后我不理马格努斯了。在邮局外面我径直从他身边走过,当他不存在。一开始他没有来打搅我,但几天后,我放学走在回家的小路上时他追上来和我并排走,求我原谅他,想出各种可悲借口为自己开解。他跟我说当时他的脚突然疼起来,而且天太黑了。又说他不确定计划能不能行得通,以为我们还要再等等,而且结果也不是太糟……诸如此类的。他一把鼻涕一把眼泪地哭诉,不时伸手来抓我,想让我停下来,但我挣开他,头也不回地回家了,几乎没正眼看过他。

丹尼斯依然带着那个随身听。有时候我不禁想,也许它确实不是我的随身听。是我弄错了,整件事都是我臆想出来的。其实我根本没有借随身听给他。或者我借了,后来他还给我了,但被我自己弄丢,然后还全怪到丹尼斯头上。如果是这样的话,难怪他们对我生那么大的气。我渐渐开始接受了这个想法,甚至认为这种情况才比较合理。我能听到他们用这个随身听放"摩托党"和"超级杀手"乐队①的歌。而我的随身听从来没有

---

① "摩托党"乐队,英国摇滚乐队。"超级杀手"乐队,美国著名激流金属乐队。

放过这类乐队的歌。我终于说服妈妈又给我买了一个——另一个牌子的，功能更基础简单一些，但不管怎么说，它能听歌。每次看到马格努斯，我就调高音量，对他视而不见。久而久之，忽略他变得越来越容易。最后，他几乎消失了，变成了看不见的人。就像丹松在胡尔茨弗雷德音乐节上认识的那些朋友。

28

在长椅上坐了很久，我开始觉得冷了，于是我回到公寓。我发现我在等那个沉默的人再给我打电话。我坐下来，凝视着黑暗，手里抓着电话，仿佛是抓着一个毛绒玩具或是一串念珠。那些事已经过去了很久。一切都成了遥远的过去。

在当时，可以说忽略马格努斯出奇的简单。只要我下定决心，不去理睬有他声音的那个频率，只专心听我的音乐。只要我做了决定，那他就不存在。很快我意识到我对他的影响有多大。没有我他什么也不是。有时想到他在一个人孤单难过，我心里也会有那么一丝快慰。因为只要我想，随时都可以让他回来。那个时候我和他之间我才是决定规则的那一个。

但现在我们的角色对换了。而他不见了。

尽管已经过了凌晨三点，我还是决定再给马格努斯打一次电话。我把电话放到腿上，看到了自己的身影出现在电视机漆黑的屏幕上。我感觉好像在电视里看到了他，正准备拿起电话打给我。我看着他，他好像在等什么。我想，他很快就会打给我了。

我想得没错，过了一会儿电话响了起来。我盯着电话，伸出手去接，我看到电视机里的那个人把听筒贴到耳朵上。好笑的是，我也这么做了。

正当我准备问他是不是还活着的时候，电话那头传来咔嗒一声，然后是一阵噼啪声，接着洛福斯·温莱特的《八点钟的晚餐》响起，听起来是用音质很差的设备播放的。

29

一整首歌的时间我都静静地坐在那里听,感觉很享受。就像收到一份很棒的礼物,而且还是我一直想要的东西,或是听到一句真诚的赞美,得到了一个大大的拥抱。一首歌放完了,随着咔嚓一声响,便再也没有了动静。我挂断电话,突然间很笃定电话那头的人是我的朋友。

但会是马格努斯·加布里森吗?如果他已经死了,怎么可能给我放洛福斯·温莱特的歌?如果他没死——这个可能性更大——又为什么要放洛福斯·温莱特?他知道这个歌手吗?在听音乐方面马格努斯始终保持着原教旨主义的态度。在他的教义里没有洛福斯·温莱特的一席之地。所以在电话里放音乐的那个人不可能是我认识的马格努斯。那是另外一个他。又或者是别的什么的人?这样的话,会是谁呢?

我打开电脑,想搜索马格努斯·加布里森的消息。

我试着输入马格努斯的电话号码，搜出了他的名字和地址。所以他是真实存在的。这么想真蠢。但是打电话来的那个人给我的感觉不像马格努斯。马格努斯绝对不会这么沉默，也不会放《八点钟的晚餐》。可仔细想想，其他人又怎么会知道《八点钟的晚餐》这首歌呢？我从来没有跟任何人提过。是巧合吗？也许吧，但更大的可能是我在哼这首歌时被人听到了。是面包店的女同事吗？是顾客吗？还是丹松？难道我大声唱出来了？是不是我到处走动的时候都一直在唱这首歌？

过了一会儿电话又响了。铃声响过第一遍我就接了起来。我没有说话，对方也是。我走过去打开立体声唱机，举起听筒，对着电话放了一首斯嘉丽·约翰逊的《你是谁》。

30

第二天早上我去北欧百货上班,一直等到只剩我一个人的时候,我用面包店的电话给丹松打了过去。我坐在长椅上,背靠着储物柜。我的头很疼,感觉背上粘了一层汗。

"你是不是听到了马格努斯·加布里森的什么消息?"他一接起电话我就立刻发问。

"'罗克赛特'?"他的声音里还带着惺忪的睡意。

"你都听说了些什么事?"

听筒里传来丹松粗重的呼吸声。

"你说他自杀的事?"

"你听谁说的?"

"你。还有其他人。"

"还有谁?"

"还有……反正你说过。"

我感觉头疼得快裂开了,心想该去找点止疼药吃。

"我没说过他自杀。"

"你没说过?那你是怎么说的?"

"我说他消失了。"

"是吗?"

"消失和自杀是两码事。"

我闭上眼睛,努力让自己平静下来。

"还有别人提起过他吗?"停顿了片刻后我继续问道。

"没了吧。"丹松回答。

"认真点,还有谁有他的消息吗?"

"没有,"丹松说,"你搞什么鬼,能让我睡觉了吗?"

31

那天晚上电话再次响起。起初是沉默,还有同样的呼吸声,令人毛骨悚然,同时又伴随着兴奋,和某种禁忌的感觉。仿佛我和马格努斯——如果真是他的话——找到了一种全新的交流方式。

这一次我有了准备。我把这场电话之约当成一个特别仪式。我买了一块巧克力回来,把它掰成小方块,然后留在包装袋里,这样什么时候想吃都可以。我抓起一块放进嘴里,走到唱片架前,想着这次该放点什么。

我抽出芬克[①]的《一种革命》和马修·E.怀特[②]的《将来有一天》,还没等我决定哪一首歌,就听到了电话里一阵嘈杂声,接着"穷街"乐队[③]的《简直要了我的命》响起。

[①] 芬克,原名芬·格里诺尔,英国歌手。
[②] 马修·E.怀特,美国歌手。
[③] "穷街"乐队,美国重金属乐队。

我听得很专注。"简直要了我的命",代表了什么呢?是什么要了他的命?他是不是有什么危险,所以才不能说话?也许他只能放音乐,用这种方式来向我传达某种不能言说的信息?我是不是该通知有关部门?或者会不会是绑架他的人在放音乐?

"穷街"?我想了很久,最终决定播放《你是谁》,出自安迪·普拉特[①]的同名专辑。

之后是一段长长的沉默,再次响起的是"炭疽"乐队[②]的《熟悉的恶魔》。

我茫然地瞪着虚空。这是什么意思?莫非打电话的这个人想吓唬我?可我并没有觉得特别害怕。这一切太奇怪了,先是几个晚上都沉默不语,只对着电话喘气,现在又给我放《熟悉的恶魔》。只不过是一张小心翼翼取出,之后又仔细放回封套的唱片,没有什么好可怕的。所以说这是一个手边有唱片播放机的人,他对待音乐的态度是认真的。我想,这样的人必定是我的朋友。

最后我决定播放的是"国度"乐队的《关于今天》,马

---

① 安迪·普拉特,美国摇滚歌手。
② "炭疽"乐队,美国金属乐队。

特·博宁格用低沉、沙哑的嗓音唱着"今天的你是如此遥远"。

我去抓巧克力时,发现袋子里只剩下一小块了。其他的都去哪了?我环顾四周,公寓里真的只有我一个人吗?

保险起见,我去看了看大门。是锁着的。

32

"真的有人给我打电话，"第二天早上我在面包店打电话给丹松，"但是他一句话也不说。"

"你确定吗？"他说，"有时候电话线路会有延迟，你知道吧，你会听到自己的声音，但要延迟一段时间后才能听到。"

"唔。可这个不像是这种情况。"

"可能是推销电话。"丹松说。

"不是推销电话，"我说，"有人在电话里放音乐。"

"放音乐？"

"对。"

"放给你听？"

33

午饭前,我正准备招呼一位顾客,一抬头突然看到雅洛站在玻璃柜台的另一边。我打了个招呼,不知道他是专程来找我还是来买面包。看到他开裂发红的手指离面包那么近,我心里有些不舒服。我还要去柜台那头帮另外一位顾客把香草味的点心装进盒子,所以一时也没机会和他说话。而且更麻烦的是,那位顾客嫌我装盒时点心上的糖霜被盒子侧壁压坏了一点,吵着要我重新换一块好的,于是我只能把点心放回货柜,再小心地换了另一块进去。

我鬼使神差地瞥了一眼那位顾客的身后,看到远处咖啡桌旁的柱子后面站着一个穿蓝色风衣的人。我一看过去,那人立刻把脑袋缩了回去。

我敢发誓,那个人是神奇波比先生。

我又朝雅洛站的地方看去,发现他已经没在那里了。我立刻做了一个决定。

我绕过柜台，朝柱子的方向跑去。我以最快的速度在一大群顾客中间穿梭而过，那些等着买面包的顾客手上捏着叫号单，脸上满是惊讶。

我没用几秒钟就追到柱子旁，又绕着它转了一圈。我不小心撞到一个中年男人，尽管完全是我的错，那男人却向我道歉。神奇波比先生早已不知所踪。

我也小声道了歉，一边四下张望了一圈，只见众多身穿各式各样花哨衣服的顾客在商场里缓慢地移动。我不由得想到，在这种环境中，一个人很容易就能消失在人群里。就像把一首好歌编入一张精选专辑。

突然我瞥见那件蓝色风衣出现在文具店的旁边，同时还看清了他留着长发，在脑后绑了条马尾。我立刻朝那个身影跑去，途中不得不在几张咖啡桌之间迂回绕行，但还是很快就追上了。我正准备去拍这个人的肩膀，质问他对我朋友做了什么——我的手都已经举到了半空中——突然发现这是另外一个人。这个人个头要矮小一些，而且是个女人。

我继续跟着她走了一会儿，等她在卖笔记本的货柜前停下时，我从她旁边挤了过去。主要是因为此刻我不能转身回去了。

我继续往前，走出通往地铁站的大门，脑袋里在拼命地编借口，为自己丢下工作突然跑了找理由。然而我能想到的所有借口，听上去都那么站不住脚。

34

"你想跟我说说,究竟是怎么回事吗?"我老板坐在他的小办公室里问我,他要跟我谈谈我之前的怪异举动。我思考了片刻,认为实话实说或许是最好的策略。

"我以为我看到了……某个人。"

他瞪大眼睛惊讶地看着我:"你说什么?"

"这个人是……"

我犹豫了,心想该怎么实事求是地向他解释。我决定继续说下去,语气稍微沉着了一点:"他是个魔术师。"说着我缓缓点点头,努力做出一个一切都合情合理的表情。然而很快我就发现根本没有用。

老板疾言厉色地斥责我,我不禁想起鲍勃·迪伦[①]的专辑《愿望》里,那个被诬陷的拳击手飓风的故事,差一点就流

[①] 鲍勃·迪伦,美国音乐人。

下眼泪。我的喉咙被假领结勒得难受,于是伸出两根手指去解开。在老板接下来的训斥过程中,我陷入了一个反复出现的难题,那就是合辑唱片该如何归放的问题。如果一张专辑里有两个同样有重量的音乐人,并且他们显然不是以客串的身份出现在另外一个音乐人的专辑里,你该怎么处理呢?一些专辑的归类很明确,比如说法兰克·辛纳屈和南茜·辛纳屈①的专辑要归到法兰克那一档。况且他们本来就是父女,所以决定起来要容易太多。但漂泊合唱团②该怎么分类呢?还有《鬼脸和电报》这张专辑里,主要音乐人不仅有科内利斯·弗雷思韦克③,还有扬·约翰森④,这又该怎么归类呢?虽然在专辑封面上科内利斯的名字占据了显要的位置,但毫无疑问这也是扬·约翰森的专辑。

---

① 南茜·辛纳屈,美国歌手、演员,法兰克·辛纳屈的女儿。
② 漂泊合唱团,美国乐队,成员有美国民谣巨人鲍勃·迪伦、披头士乐队成员乔治·哈里森、流行巨星罗伊·奥比森、民谣摇滚巨匠汤姆·佩蒂以及 ELO 乐队的核心人物杰夫·林恩。
③ 科内利斯·弗雷思韦克,荷兰裔瑞典音乐人。
④ 扬·约翰森,瑞典爵士钢琴家。

35

我回到柜台时雅洛已经走了。也许他以为我会离开很长时间,又或许他以为我通常都用这种方式去吃午餐。印象中雅洛并不是很介意久等的人。不管怎样,他没等我回来就走了。我呆站着,四处寻找他,可没一会儿就听到柜台另一边传来那句熟悉的话:"小伙子,你是来这儿上班还是干吗的?"

我按下按钮,请后面的号码上来,然后查看了这位女士的叫号单。

"我要订购,"她对我说,"这个订单比较特殊,你最好拿支笔和纸来记下。"

我从收银台上拿来订货薄。

"我要订一个蛋糕。要全白的,像这样。"她用手比画了一个圆圈。

"给蛋糕缠一圈黑色丝带。再做一个帽檐出来。你猜得出蛋糕要做成什么样的吧?"

我缓缓地摇摇头。

36

根据排班表,我的下班时间是在下午四点,这意味着我可以在四点差一刻的时候开始准备结束工作。只要在接近收工时去擦擦柜台,再整理整理物品,我就能在只剩五分钟的时候躲进后厨里。我打扫了收银机后面宽大的大理石柜台面板,把上面的面包屑和面粉清扫干净,接着又去折装蛋糕的盒子,没一会儿就发现我折得太多了,于是我把多出来的堆到柜台后面,反正以后总会用到,之后又洗了几个点心夹。我尽可能不在最后这段时间服务顾客,只要我能让自己看起来很忙就可以蒙混过去。我看看时间,到四点还差十分钟,我偷偷溜进了后厨。

一些女同事觉得后厨的大型工业洗碗机不是很好操作,而我在很多年前,和雅洛一起参加夏令营时就学会使用这种机器了。帮忙清洗和打扫是营员日常工作的一部分。那个时候我觉得用洗碗机是很简单的一份活计。

最后一次参加夏令营时，雅洛当上了营里的一个领队。

"这下舒服多啦，"他说，"还不用交报名费。再说夏令营所有的事我都会了。他们也说个人经历是一个加分项。"

尽管雅洛还是雅洛，但他说话的感觉已然像个大人。突然间他开始去参加自我意识和成长课程，开始用成熟的方式谈论事情。比如问问我的社交情况，我的日常生活，学校，还有没有跟马格努斯见面，等等。

"就没有一个青年俱乐部之类的组织让你参加吗？"

我耸耸肩。

"也许你应该自己创建一个。"他说。

我小声嘀咕说这种事哪有那么容易办到。

"你只要找一处空屋做场地就可以了。肯定有没人用的空房屋的。"他说。

我又耸耸肩。

"一定能找到，"他继续这个话题，"这种地方多得是。我说，你能把那副耳机摘下来吗？"

洗碗机装满了，开始了它的清洗程序。旁边的工作台是空的。所有的餐具和器皿都要在水池旁的塑料托盘上摆放整齐。我在门旁的小塑料凳子上坐着。

马格努斯不喜欢雅洛。不知道为什么。也许他觉得雅洛是个懒鬼，只会装腔作势。也有可能他只是嫉妒，因为雅洛和我一起参加夏令营，关系不一般，所以认为雅洛会威胁到我和他的友谊。这是有理由的。毕竟随身听那件事已经告一段落。我想我已经原谅他了，并且也明白了，我只能接受他是这样一个胆小懦弱的人。然而我们的关系依然冷淡。雅洛对马格努斯也不是特别友好。

有一年秋天，他在放学后偶然碰到了我们。

"嗨，这里！"他大喊，"你好吗？"

我已经快走到邮局，马格努斯在那里等我，雅洛突然跑过来一把扯掉我的耳机。我立刻戴了回去。他走到我前面，沿人行道倒退着走。就算戴着耳机我也能听清他说的话。

"想不想跟我去做点好玩的事？"雅洛问。

"什么事？"我往前走着。

"世界语！"雅洛快活地说，"去上世界语课！"

"世界语是什么东西？"

我看到马格努斯站在老地方，于是放慢脚步。雅洛继续在我前面倒着走。

"这是新的全球性语言，"雅洛向我解释，"一种让全世界所有人都能听懂的语言。你不觉得很酷吗?我要去上这门课,你也可以来……"

这时我们已经走到马格努斯跟前,我轻轻点头向他示意,而雅洛丝毫没有要理会他的意思。

"我不能去,"我告诉雅洛,"马格努斯和我……"

"别管他了。"雅洛厌烦地说,连看都没有看他一眼。事实上,他完全漠视马格努斯的存在。

"想象一下,全世界的人都说同一种语言,你不觉得这很了不起吗?"他继续游说我,"这对世界和平有多大的意义,你知道吗?"

说着他凑近了一点。

"而且你知道,要是能赶在所有人前面先把这门语言学起来,会多占优势吗?这意味着我们将会领先全世界!"

我看了看马格努斯,他站在雅洛身后,一如既往的安静不张扬,努力让自己占据最少的空间。

"马格努斯和我已经说好要……"我又摆出同样的借口。

"得了吧!别管什么狗屁马格努斯了。"雅洛气恼地抱怨。

他往后退了几步,正好站在了马格努斯的旁边,但他一点也没有觉得尴尬。他直直地盯着我,仿佛只是在等着我跟他走。

"怎么样?"他大声催促我。

马格努斯则低下头，等我做出决定。

"你到底要不要来？"雅洛吼了起来。

我摇摇头。

"不来算了。"雅洛嘟囔着走开了。

马格努斯一直看着他走远。此刻又只剩下我们两个。

马格努斯这种永远处于守势的态度让我恼火，他总是要我做决定，没有任何贡献，只会让人内疚。然而他从来没有真正想要什么东西，也不希望有新的事发生。一切都应该保持原样，仿佛这样能让时间停止。当然这是不可能的。事实上他变得越来越古怪，到最后我开始觉得，和他在一起已经让我很不舒服了。

所有事对他来说都非常明确。他和我就是两个互相抱团取暖的局外人，我们永远是不被他人接受的弃子。不否认我很感激他的忠诚，但这样的友谊开始越来越像一种负担。

也许他也意识到了这个问题，因为他偶尔也会尝试做些改变，比如用略带挑衅的语气和我说话，甚至突然提议去做一些有挑战的事。

就比如我们走在铁路桥上的那次。一整个晚上我们都在瞎逛，没有太多的对话，只是漫无目的地踢着沿路的石子。那段时间他开始穿黑色的衣服，戴上了那个"活得拼命，死得年轻"的徽章。在我看来这样的形象有点硬摇滚的感觉。于是我如实说了，我问他是不是打算加入硬摇滚派。而他只是咧嘴一笑，在围栏旁停了下来。

"我们翻到围栏外面走吧。"他提议道。

"为什么？"

"你不敢吗？"说着他翻过了围栏。

"我当然敢。"

我也爬了过去，然后紧紧抓住他旁边的一根栏杆。铁轨离我们五六米远。我感觉到风吹过我的头发，远远的，能听到火车驶近的声音。马格努斯看着我。这只是一个小游戏，但我突然觉得他会从那里跳下去。我想如果我让他跳，他一定会跳。而且毫不犹豫。

维拉小学的老师提醒我们要小心跟其他学校的学生来往。谁都知道老师指的就是博格学校。老师还嘱咐尤其要当心不要跟着他们去沾上毒品。马格努斯不碰毒品，但他的性格中形成了不可靠、不可预测的一面。有时候我想他之所以想出那些奇怪的事，是为了在我面前表现一下。可事实上这样只会让他变得越来越可悲。

几周后我再次见到雅洛。那时他已经放弃了学世界语。他告诉我，他在博格学校找了份当帮工的兼职。我盘算着可以找时间去博格见见他。

我告诉他，马格努斯把博格形容得很可怕，简直是人间地狱。但雅洛说他从没在博格见过马格努斯。

"你从没见过他？"我惊讶地问。

"没有。"雅洛说。

"一次也没有？"

他摇摇头。

我从没跟马格努斯提起这个问题。这是他的事，而且我早就发现他不怎么上学了。他有自己的世界。现在他对音乐的热情越来越淡，人也变得更加古怪。他开始对魔术和一些简单的占卜术产生兴趣，会莫名地把唱片上的数字跟好事或坏事的发生联系在一起。他进入了一段对魔术戏法和奇思异想感兴趣的奇怪的时期。他说将来想当魔术师，我便努力跟他解释，所有魔术戏法都是在利用观众的错觉，那些登台表演的魔术师要花很长时间来练习这门手艺，然而他以为魔术是建立在公式和守则上的，而不是靠转移观众的注意力，他似乎不接受我的说法，也可能他只是觉得我说的那些都无关紧要。

他不断冒出一个比一个怪异的想法。有一次我们站在沼泽旁时，他竟然提议我们跳进去。

"我们跳下去吧。"他说。

"你疯了吗？"我说，"为什么要这样？"

"为什么不行？"他咧嘴一笑。

"白痴！"

"有什么不行的？"

我叹气。"因为我们会陷进沼泽里死掉。"

"那又怎么样？"

我看着他，他却用十分挑衅性的神情瞪着我。好像他刚提了一个特别有趣的建议，我们也会开心地走进沼泽，看会有什么事发生，完全不管后果会怎样。好像在他眼里什么都不重要，无论干什么都不会有太大影响。

"那你只能自己下去试试了。"我说。

"这样不就丢下你一个人了吗？"

我轻蔑地哼了一声："那又怎么样？我可以找别的朋友玩。"

"谁？"

我又哼了一声。"随便谁都行。"我说。

"你没有朋友了。你想找谁？"

我耸耸肩。

"雅洛。"

"雅洛就是个白痴，"他说，"他很危险，你看不出来吗？他根本什么也不懂。"

"这么说你什么都懂？"

"我比你比他多。"他说。

"你应该说'比你和他懂得多'。"我纠正他。

"怎么，你现在成咬文嚼字的专家了？"

"不是，"我说，"我只是想说如果你去上学，学校就会教你这些。"

马格努斯不接这个话茬。

"雅洛想控制你，"他说，"你没发现吗？他一直想让你以为自己是个什么大人物，你只是个该死的窝囊废。"

"因为你是窝囊废才会这么说我。"

"我比你比他强。"

"是'你和他'。"

最近一段时间他说话的方式愈发极端，我很不习惯，只觉得很尴尬。我想让他改一改，别这么说话，正常一点。

有时候我会想，是不是应该告诉马格努斯别人在背地里是怎么议论他的。学校里，所有人都取笑他，说他是疯子，说他很讨厌，像个白痴。甚至有更难听的，有人说他脑子有病，精神不正常。因为他总干一些匪夷所思的事，大伙儿既怕他，又爱拿他当茶余饭后的谈资。

到处都在传关于马格努斯的事迹，五花八门，一个比一个不堪。大家很高兴说他的八卦，当然，都是背着我说。谁都知道我和他是朋友，只要我一出现，热烈的议论就立刻打住，但我还是能听见，没办法躲开。马格努斯成了受欢迎的话题，是人们不理解的怪胎，一个坏榜样。而在某种程度上这些背后的闲话和恶评也映照到了我的身上。人们不自觉地把我跟马格努斯和他干的蠢事联系在了一起。

也许我该去找他谈谈，让他意识到自己有多异类。我想让他清醒过来，看清楚一直以来我都在被迫维护他，照顾他。可我始终没有想出一个充分的理由，跟他说了又有什么用呢？只会让他更悲伤。更孤独。也更怪异。

我发现我开始越来越频繁地思考一个问题，那就是如果没有马格努斯，我会变成怎样的一个人；如果我们不像现在这样总是形影不离，又会怎么样。我很可能就成了一个完全不一样的人。

"不可能的，"马格努斯说，"你就是你，不会变成别人。"

"不可能？"我说，"我们当然可以选择成为什么样的人。"

他鼻腔里发出不屑的哼声。

"你不是那种人。"

"哪种人?"

"你说的那种人。"

"我本来可以……"

"不太可能。"

"你被人欺负不代表我就该跟你一样。我本来有机会和麦迪约会……"

"不太可能。"

"为什么?"

"知道你在她眼里是什么吗?"

他伸出揣在兜里的手,拇指和食指相扣,围成一个圈,一个零。

"你懂什么?"

"我就是知道。"

我深吸一口气,头靠在墙上。看看时间,已经四点过五分了。我扯下领结,松开最上面的纽扣,起身走进更衣室,把制服挂起来,然后换上自己的衣服,锁好储物柜,拿起背包走了出去。

37

走出员工出口，我看到丹松在外面等我。

"要去'唱片之王'吗？"他问。我差一点就点头了，可我发现我根本不想去。我对"唱片之王"已经厌倦了，很想尝试一些新的东西。这不是丹松的错，但每天都和他去逛唱片店实在让人提不起劲来，这种感觉就像被绑在一辆车的后座上，因为够不到收音机，所以无法选择路上可以听的音乐。

我心想有没有什么好理由能让我推脱。突然，我在口袋里摸到了雅洛写在健康食品店收据上的字条。

"我要去找一个地方。"我把纸片拿给丹松看。

丹松接过去，念出上面的字："彭迪加坦34。"

"不对，"我说，"彭迪加坦3A。这里是A。这是雅洛……"我一把抢过纸片。

"对。"丹松把双手插进了口袋。

"这是……是他匆匆忙忙写的……这是雅洛的……"我盯着

纸片上的笔迹,"他写的应该是3A。"

"好吧。"丹松说。

我又看了一遍纸条。

"你看得出来这是个A吧?"

"看得出。"他说。

"能看得出来,是吧?"

38

彭迪加坦34号对应的就只是一扇门，安在一堵墙中间，没有标牌，没有窗户。就一扇门，再没别的东西。

门是开着的。

门后挂着一幅珠帘，亚洲电影里常见的那种，帘子上还有图案，通常是日落或者漂亮女人之类的。穿过珠帘的感觉就像在水中穿行，走入一片细慢的阵雨。我任由它冲刷过我的身体，接着来到了另一边，然后发现自己正站在一条长长的走廊的一端，身后的珠帘还在轻轻摇摆。

墙壁、天花板和地板都铺着深蓝色的绒毯。每隔十米左右有一盏壁灯，灯虽然不大，但发出的光相当明亮。我往前走了几步，手在柔软的墙面上轻抚而过。这种感觉非常美妙。

空气中飘散着香蕉的味道。是人工合成的香精，很甜。

我又往前走几了步，意外地发现在这里走路特别轻松。好像这条通道是一条微微下倾的斜坡，一直延伸到视线所不能及的地方。我又往前走了一段距离，发现这种让双腿拉伸、尽情迈开、大步向前的感觉真是不错。

我继续踩着柔软无声的地毯往前走。微倾的斜坡给了我一些额外的助力，一排看似没有尽头的壁灯笼罩着我。尽管每一盏灯都很亮，但它们相隔的距离还是足以形成一个几乎全黑的最暗点。从光亮中走出，进入黑暗，复又迎来光亮。仿佛周而复始的生命周期，每一个新的周期开始都有新的黎明。

地心引力带领我在这条走廊越走越深。我只要随着引力不停走，迈出足够大的步子，就不会摔倒。

走了一阵我渐渐看出了走廊尽头一扇门的轮廓。看起来就像一扇普通办公室的门，走近后发现门上包了软垫，门面上镶嵌着的圆形按钮组成一个钻石图案。门把手是木头的，我猜可能是柚木。我拉了拉门把，发现锁上了，不过锁在我这一边的门上，于是我打开锁，进入到一个宽敞、昏暗的大厅。远远的，有灯光闪烁，我还听到了轻柔的音乐。里面坐了几百个人，他们突然齐声大笑。蓝色的光笼罩着大厅的每一个人。我忙转身去拉门把，想退出去，可发现又锁上了。而锁在门的另一边。

"你没看到吗？这是一条信息。"扬声器里传出一个用英语说话的声音。我只得决定穿过一排排的座椅走向另一扇门。突然大厅里光线又暗了下来，紧接着响起震天的音乐声。我不小心被一级台阶绊了个跟头，脑袋差点砸在地毯上。这时一束光打下来，照亮我眼前的台阶，我闻到地毯上有爆米花的味道。我站起身，推开旋转门出去，来到一个门厅。

一个戴红帽的矮个金发男人正隔着柜台把零钱递给一位顾客。看到我，他冲我点点头。爆米花售卖机旁的长椅上坐着的年轻男人正在一本免费电影杂志上乱涂乱画。

年轻男人的身后，稍远一点的地方站着的人是丹尼斯。

39

宽阔的肩膀和大大的脑袋是我熟悉的,烫卷的头发已经不在了,但两条又粗又密的眉毛还是老样子。还有他下垂的脸颊。尽管穿着电影院的工作服,但他肯定就是丹尼斯。

我站在门边,身后的音乐声更响了。

长椅上的年轻人懒散地扫了我一眼,他玩弄着手里的笔,对眼前的所有事都兴致缺缺,百无聊赖地打起呵欠。我看到他给杂志上的安吉丽娜·朱莉和布拉德·皮特画上了小胡子。

门厅很冷清,也很安静。天气十分暖和,阳光从临街的窗户照进来,将门厅分割成阳光充足的区域和阴暗的区域,明暗交接处在地板上形成一条明显的界线。柜台前的客人走了,小个子男人走出来在年轻人旁边坐下,离我很近,能看到他是在填足球彩票。很难让人不注意到他正在下注,赌水晶宫队与阿森纳队的比赛客场胜,不得不说有些冒险。但说不定他知道些不为人知的内幕呢?没有一个人特别在意我的出现。

我又看向丹尼斯。一定是他，不可能是别人。我闭上了眼睛。我曾跟雅洛抱怨过那些似乎只会发生在我身上的奇怪事情，他告诉我，我应该不时地去审视和质疑自己的经历。

"你可以向自己提出疑问。问问自己，这件事真的合理吗？"

我再次睁开眼睛，丹尼斯就站在那里。似乎挺合理的，不管怎么样，这是事实。唯一奇怪的是，丹尼斯这样的人怎么会在电影院这样的地方上班？他现在应该是一个房地产商，或者律师，甚至可能成了医生。无法想象丹尼斯的父母会为他得到电影院引座员的工作而感到欣喜。不过话又说回来，这就是一份工作，糊口的饭碗罢了。今时不同往日，一切都会变。也许发生了什么变故，反正世事无常。他手里拿着一罐可口可乐，他一边抬起手喝可乐，一边转向了我这边。

他僵住了。他立刻就认出了我。我意识到这时候转身已经来不及了，我们两个就站在原地愣愣地看着对方。过了片刻，他轻轻扬了一下头，基本没怎么用力，幅度很小，几乎看不出来。他意外地平静，似乎见到我并不特别惊讶。好像他早知道我会来，一直在等我出现。他朝我走来了。我感觉我的心越跳越快，必须用尽全力才能克制住逃跑的念头。

我上次见到丹尼斯是在一次学校活动上，至少是十年或十五年前的事了。那天我一门心思只关注着自己的一举一动，要努力保持走直线，不要过度换气，我要表现出这样的重聚对我来说根本不是问题，让所有人看到曾经的校园时光并没有给我留下任何后遗症。我只顾着想自己的行为有没有哪里不妥，没有过多地在意其他人，只记得有一些同学带来了自己的伴侣。我用了大概一小时去和各种各样的人交际，然后跟一个人说我有急事要先走。我尽了最大的努力向在场的人证明我完好无缺地走出了学生时代，我很好，就怕有人不这么想。我带着夸张的镇定自若，从一群人走向另一群人，举着塑料杯子和每个人碰杯，脸上一直挂着轻松活泼的笑，心里却在算着时间，等着可以安全逃离的一刻到来。我记得丹尼斯戴了一个耳环。他的脸是不是胖了一点？他的样子是不是有点疲惫？我都不记得了。

现在他就在这里，站在我面前，伸出了一只手。我握住了它。

"你好！"他说。

我在想以前我有没有跟他握过手。他的手很软，皮肤光滑，有那么一点胖，意外的轻柔。他有些低落和不安。从近距离我能看到他额头上的忧虑纹。上一次见到他时我的注意力全在自己身上，没有特别注意他，可现在不一样。他感觉到了吗？他有没有发现我在紧盯着他看？好像这是我第一次见到他似的。他有几根白头发，眼角也长出了鱼尾纹。他前额上的一颗痣，看起来应该去检查一下。我还注意到在他鼓起的双下巴下面，衬衫领口似乎有点紧，勒着他的脖子很不舒服的样子。说不定他也是第一次这样仔细地看我。我们没有说话，就这么对立着好一阵子。这一刻既紧张，又出奇的清晰。而且很有可能他比我还要尴尬。

"是啊……"他终于开口说话，"他说过你会来。"

"谁？"我问。

"雅洛。"

40

"你在这儿工作吗?"我问道。

他点点头,摘下帽子,拿在手里折起来又打开,重复了很多次,似乎是在证明他有权利这么做。如果他不想戴也大可以不戴。

"引座员,"他说,"你呢?"

"哦,"我漫不经心地把重心转移到另一条腿上,"我在烘焙业工作。"

他再次点了点头,又喝了一口可乐。我想我们两个都在努力让此情此景正常化,假装这并不是一件完全不真实的事。

"很忙吧?"他说。

我耸耸肩,不知该怎么接话。

"我是说你的工作,现在是旺季吧。"他继续说道,喉咙里打了一个闷嗝。

我实在不知道该怎么进行这样的对话,尽管这是再平常不过的交流。我突然发现我从来没有和别人聊过自己的工作。老实说,我也没有发现我的工作在不同的季节会有什么不一样。不过就是站在柜台后面,按钮叫号,然后服务顾客。我很希望此刻能适时地幽默一下,说上那么两句很显睿智的话,来彰显我对这个行业相当了解,同时也能表现出我的豁达——我很清楚此刻我正和他面对面说话,但我并没有为此烦恼。

"毕竟现在是毕业季,"我最终开口道,"很多订蛋糕的……"

他点点头,露出理解的表情,仿佛十分了解的样子。

"说起毕业蛋糕,我一直有个很棒的想法。"他说。

"是吗?"

"唔,"他继续说,"想想看,白色的王妃蛋糕……"

"等等,"我说,"让我猜猜看,再配上一个黑色的帽檐……"

"就是这样!"他一下子笑起来,"在蛋糕的一面,用杏仁糖做个帽檐,这么一来……"

我们两个同时脱口而出:"蛋糕就像一顶毕业帽了。"

他面露喜色。

我原以为和丹尼斯面对面会无比尴尬。但实际上我感到这样的不自在每过一秒便会减轻几分,也说不清为什么,到最后我简直有些享受和他站着聊天了。我甚至可以就这样直视着他的眼睛，再和他聊很长时间。我感觉很放松，但他看起来有些疲惫，仿佛生活带给了他太多苦难，不过他似乎也不反感这样站着和我聊天。显然我们并不会就此开始往来，我们永远不会成为朋友。我一点也不希望朝这个方向发展，我想他应该也是这么想的。我们不可能相约着去喝一杯或者打保龄球什么的。这次和他的相遇没有丝毫的戏剧性，而曾经我那么渴望和他发展一段友谊的想法突然间变得遥远而又失真。我很想把这些心里话告诉他，但又觉得说起来太啰唆、太不着调。很可能还会惹人不快。好像我们两个都从一个不愉快的梦中醒来，却发现清醒的世界可能也没有太好，至少跟我们当初想的不太一样。

他用手在脸上揉搓了几次，随着手的动作眼睛被挤成一条缝，额头皱了起来。

"听我说，"过了一会儿他说道，"我知道我应该……怎么说呢……我应该道歉……"

"你说什么？"

"赔罪，"他说，"我究竟想说什么来着？"

他深吸一口气，闭上了眼睛。

"我是说……我想认错，想为过去对你做的那些事道歉。"说完他吐了一口气，再次睁开眼睛看着我，眼神里既有不安也有期待。

我看着他。很长一段时间我们两个都没有说话,只是愣愣地站在原地。丹尼斯手里抓着他的帽子,刚才说的话仿佛定格在半空中。现在的他露出羞怯的神情,似乎在等着我给出一个答案。我差点就大笑起来。他究竟怎么想的?真有那么简单吗?他以为我们整个青少年时期所有的事情,都能一笔划掉,然后全部人向前看,是吗?仿佛那些不愉快可以随随便便就被原谅,仿佛曾经在学校里的所有事,人生的整个阶段都可以被轻易掩埋,甚至可以化成词汇成句再轻飘飘地说出来。之后问题就解决了,所有碎片都回到原本的位置,然后一切从头开始。仿佛,只要我们愿意,我们就能抹去所有,把每件事都做得不一样。

我只是目瞪口呆地注视着他。但不管怎么说,听他道歉总是开心的。最起码带来了一些安慰。

又过了一会儿,我们还是没有说话,于是他斜眼瞥了一下别的地方。似乎在想这种状况还会持续多久。似乎是想看看时间,然后决定这件事是不是已经完成可以结束了。

最终是我打破了沉默。

"可以问你个问题吗?"我说。

他用疲惫的双眼看着我。好像已经猜到接下来会怎么样,而他都准备好了。挨揍，复仇，迎接我抛出的一连串尖锐问题。好像他在努力地想承担责任，在尽力克制自己不要发脾气，不要崩溃。然而我并不打算问他这样的问题，也没有在期待任何答案，我不要他的答案。我当然不会要他的答案。我只想知道一件事。

"随身听是我的吗？"

他或许想好了无数个问题，也准备好了回答我，但这个问题是他没有想到的，他的诧异明明白白地写在脸上，甚至好像都没有听懂。

"什么？"他说。

"我只想知道这一件事，"我说，"你在学校拿的那个随身听是我的吗？"

"是的，当然是你的，"他说，"毫无疑问！所以……"

我点点头。他也点点头。

"老天啊，"过了一会儿他继续说，看着我的眼神里充满了同情，"你太孤单了。一个朋友也没有。"

"唔……"我说，"我有朋友……"

我突然觉得想离开了。

"可你真的很孤单，"丹尼斯继续说道，"你永远都是孤零零。一个人什么乐趣也没有,太可怕了。我看得出你是真的很想要那个随身听。"

"哦,其实……我就是想知道随身听真的是我的,还是我想象出来的……雅洛说我应该……"

丹尼斯的脸突然亮了起来。

"你也去雅洛那里吗?"他说。

我愣了一下,摇摇头。

"没有……他只是我一个朋友。"

丹尼斯看着我,挤挤眼然后点了点头。就好像我们刚才突然有了一个共同的秘密。他在暗示我和雅洛有什么事吗?如果是的话,是什么事呢?也许他只是觉得松了一口气,确实,说完道歉的话后他放松了许多,然而我还是不能理解他这个表情。只是现在我想逃离这个地方的愿望更加强烈了。

"你们在放什么电影?"我问他。

丹尼斯朝影院的方向瞥了一眼。"一部实验电影之类的,"他说,"讲几个朋友的事,但也说不清这几个人中谁和谁是真正的朋友。"

我点点头。又一次陷入了不知道该说什么的窘境。

"好看吗?"

丹尼斯皱起眉。"有点深奥,"他耸耸肩,"但是配乐挺好听的。你喜欢音乐，不是吗？"

他又开心起来，好像是突然想到了对方的一件事，你也因此变成了一个会替别人着想、特别体贴的人，或者说至少没那么自大。

"我也听了不少音乐。"见我没说话，他继续说下去。

"是啊，"我说，"现在有'声田''声云'之类的平台，听歌很方便。"

我朝出口的门看了一眼。丹尼斯已经重新戴上了帽子，影院里传出的音乐听起来应该是电影放到了尾声。

"好了，我该去干活了，以后有机会我们见面再多聊一会儿吧。"他说。

"唔，我不用手机，所以……"我说。

"我也不用，"丹尼斯说，"不如就明天吧？八点钟一起吃晚餐怎么样？"

41

我从正门离开了电影院。

我走上雅加坦街的人行横道,看到绿灯后便往前走,过了一会儿才发现走错了方向,于是忙转身,趁着绿灯还没变赶到了路的另一边。我一直走,一直走,直到来到一个公交车站。我抬头看了看站牌,发现公交车正好是开往我要去的方向。

所以丹尼斯找雅洛"治疗"吗?为什么呢?他们谈了些什么?我吗?他有心理问题吗?我忍不住想,也该轮到他心里不痛快了吧。宇宙中也许真的存在某种力量让世间万事都得到平衡。可他究竟经历了怎样的事,竟让他产生了去找雅洛这样的人寻求帮助的想法?还有他为什么会提到"八点钟的晚餐"?

"人必须一直寻找新的交流方式。"雅洛对我说,那时我们坐在雅洛的办公室里,他正考虑开设某种哑剧课程。"因为语言从来都是理解的主要障碍。"他说。很久以前开始,每当他一开始聊这样的事我就不再听了,我只是装模作样地点头同意他说的所有事，脑子里却在想别的。

公交车终于来了。上车后我一坐下就睡着了，然后做了一个感觉像是走尽了一生的梦。有一个人走在我后面，我看不清是谁，我正要转身就醒了，发现至少坐过了三个站。我望向窗外，看到车子正好来到雅洛办公室的外面。尽管天色还不算太黑，但大大的灯光照明标牌已经打开了。红色和黄色的霓虹灯字母从底部依次往上亮起，最后亮起的是一个男人的形象，字母组成了他的帽子。

我走下车，心想既然都到了这里，不如去见见雅洛。正好我也想问他到底在搞什么鬼。

我走上窄窄的楼梯，台阶随着我的脚步咯吱作响。我紧紧地抓住扶手，因为我每踏出一步，都感觉那些木头台阶会塌陷。前台接待员还和往常一样，只顾埋头盯着手机，都懒得抬头搭理我，所以我也没有跟她打招呼。我知道该怎么走，我已经来过很多次了。穿过狭窄的走廊，两边的墙上贴着亮橙色的纹理面墙纸，地面高低不平，有几处凸起的地方，空气中有一股淡淡的霉味；走过饮料贩卖机，沿着廉价蓝色地毯边缘铺设的软管灯带一直往前走。就在我进雅洛办公室前，脚下被该死的灯管绊了一下，摔倒在地上。我只勉强把手伸了出来。雅洛在办公室里，从桌子后面抬起头。

"马格努斯？"他一脸惊讶。

他走出来扶我站起来，帮我掸掉身上的灰，把我的背包拿进办公室，然后抬起手看了看表。

"二十分钟后我要见一个客户。不过先坐下吧，我们聊一会儿。"

我跟着他走进这个挤在卫生间和垃圾房中间的办公室，空间狭小，没有窗户。

42

他把一份摊开放在桌上的报纸折好,举起来在空中挥舞了两下。

"这篇文章写得很有意思,"他说,"说有人想出了一种新的方法来衡量幸福,准备拿去联合国进行研讨。衡量幸福,你敢相信吗?真是荒唐。"

他笑着摇着头。我在桌子另一边的椅子上坐下。

"很明显全是胡说八道,只要从字里行间揣摩一下就知道。但不得不说这些人勇气可嘉,有本事编到这种程度。就像那句话说的,'谎言越大……'"

他把报纸扔在地上,拿起一支笔,把笔帽盖上,然后向后靠了靠。

"那么,我的朋友……"他说。

我把手放到座椅的扶手上。

"丹尼斯的事你是什么意思?"我说。

他把笔放到嘴边,在嘴唇上轻轻敲了几下,没有回答我。

"为什么让我去见丹尼斯?"

他还是没说什么,只是用懒散、意味不明的神情望着我。

"彭迪加坦34号,你知道他在那个地方,是不是?"

他伸出双臂。

"我认为让你们见一面会有好处,"终于,他开口说道,"对你们两个都好。"

我想往后靠。我听到几乎弱不可闻的音乐声从桌子中央的电脑里飘出来。播放的是雅洛一成不变的辛纳屈的旧歌单。听音乐最糟糕的方式就是这样,把音乐变成一块几乎听不见的噪音背景板,你必须格外集中注意力才有可能分辨其中的细节。这怎么能忍受得了呢?雅洛一定故意把音量调到了最低。我停下了正在做的一切动作,定定地坐在椅子上,尽可能不发出一点声响。

我知道有些音乐可以让我进入某种恍惚的状态。在这种状态下我会无意识地做一些事,或者我只是在想象中做了一些事,实际上并没有。雅洛早就向我指出了这个问题,他建议我尝试采用他这个看似合理的办法来试验一下。然而放这种几乎听不见的音乐让我觉得太卑鄙。我总要知道我在听什么音乐才好判断它对我有什么影响。

"不久前我把你的电话号码给了他,"雅洛说,"不过我想他应该不会主动打给你。我追问了他好几次,他一直说没抽出空来做这件事。后来他告诉我,他给你打过电话,但什么话也没敢说,就一直沉默。他总说下周就打电话,可一周后又用同样的话来搪塞。所以我想倒不如让你去见见他。怎么样,顺利吗?"

"你说什么?"我突然反应过来,也许这时候我该听他讲话而不是听音乐。所以我努力集中精力去听他在说什么,并努力地记住。有时候你真的可以听到别人说完了的话,就好像说出口的话不会马上消散,而是会在空中停留一会儿,于是就算话音早已落定,你还是可以明白它们要传达的意思。

"会再跟他见面吗?"他问。

我抬起头,看着他狡猾的脸。一抹戏谑的笑意始终挂在他的嘴角。

"应该会吧。"我回答。

他若有所思地点点头,然后认真地看着我,好像在等我说点什么。也许我是应该说点什么。毕竟这个话题是我先挑起的,但现在我也不知道为什么要提这事了。我环顾了一下办公室。

"他害怕。"我说。

"怕什么?"

"怕我。"

"他为什么怕你？"

"不知道，我这个人有点奇怪。"

"哪里奇怪？"

我摇摇头。

"不知道。就是有点问题。你呢？"

"我？"雅洛说。

"是的。"

"哦，我什么问题也没有。"

"那你为什么要见面他。"

"'和他'。"雅洛说。

"什么？"

"应该说'为什么要和他见面'。"

我就这样看着他，他也看着我。雅洛安静地坐在那里，带着一抹笑意，好像在等我，又好像在发一个沉默的誓言，我也不知道。我感觉轮到我说话了。

"他说那是我的随身听。"我说。

"你的什么？"

"没什么，不重要了。"

电脑里在播放辛纳屈的《晨曦间的幽微时光》，我听出了

"你孤独的心已知晓苦涩……"这句歌词。

我深吸一口气,努力让自己回到和雅洛的对话中去。

"你明知道我在找马格努斯,为什么还给我丹尼斯的地址?"我问。

雅洛拿笔轻敲嘴唇。过了一会儿他把笔放到桌上,用两个手掌揉了揉自己的脸。

"我给了你一个我认为你需要的地址。"他说。

"这地址跟马格努斯有什么关系?"

他背靠在椅背上,双颊鼓起,从嘴里缓慢地吐出一口气。

"我想……没什么关系。"

"没什么关系?"

他摇摇头。

"好吧,"我说,"要知道马格努斯这件事已经快让我发疯了。我想不通他会去哪里。"

雅洛点点头。一首歌结束,接着播放的是《学习布鲁斯》。"当你走在人群中,布鲁斯会在你的回忆中萦绕。"法兰克·辛纳屈用几乎听不见的声音唱道。

"你知道我很担心。"我继续说着,在座椅上换了一个姿势,身体斜靠到一边的扶手上,但一点也不舒服,于是我又换回了之前的坐姿。

"还有电话的事,"我说,"有人一直给我打电话。"

"哦?"

雅洛扬起眉毛,神情却是满不在乎的冷淡,就好像我的话并没有让他有一丝一毫的惊讶,但还是要装出吃惊的样子来。

"是的,"我说,"但我想这也没什么……我放唱片给他听,他也给我放。"

"你放唱片给他听?"

"是的!但我想那个人不是马格努斯。"

"为什么?"他问。

"感觉不像他。"

"是吗?"雅洛若有所思地点点头。

他将脑袋往后一仰,看向天花板,手里的笔随着辛纳屈的节奏在桌上一下一下敲着。

"坦白说,我不是很了解这个马格努斯。"雅洛继续说。

"哦?"

"因为我从来没有见过他。"

他停下了敲笔的动作,另一只手在空中比了个含糊的手势。我看着他,努力想弄明白他的意思。

"你见过他。"我说。

他看着我的眼睛摇了摇头。

"你当然见过他，"我说，"你经常说……"

"我知道我经常说什么，"他打断我，"我对他的印象全是基于你告诉我的事。可我从来没有真正见过他。"

"不，你见过……你们两个……"

"什么时候？"他再次打断我，"告诉我，我哪一次见过他？"

我忍不住笑了起来。我张开嘴想要说话，可脑袋一片空白，想不出该说什么。我的笑声是那么不安，连我自己都听出来了。

"不久前你还见过他。"我说。

"不，"他摇着头，"那天你站在你家门口，说要找他，但我始终没有见到他。"

"很久以前你就见过他，我们还在学校的时候。"

他又摇了摇头。

"你和他上的是同一所学校。"我又说。

"你一直这么说，可他从来没在学校出现过。"

这时我们两个都坐得笔直，目光紧紧锁在一起。

"他在那。"我说。

"据我所知没有。"他回道。

"好吧，也许他没在课堂上出现过，但是后来……"

雅洛还是摇头。

"我一次也没见过他。"他说。

"我知道,他不是那种特别善于社交的人。"

雅洛又拿起那支笔,继续在嘴唇上轻轻敲着。我做了个深呼吸,身体往后靠,尽可能地放松下来,努力将呼吸调整正常。我觉得我需要抓住些什么。雅洛在空中挥了挥笔,仿佛是在将一缕头发或是一粒灰尘掸走。

"知道我是怎么想的吗?"他说,终于不再挥动那支笔了,"我想你应该别管他了。"

43

有些事情，不知道为什么，你就是知道。如果有人问："你怎么知道的？"你会回答："我就是知道。"这就跟天气不好时天空就是灰色的、夏季干旱时草就会枯萎一样不言而喻。这问题本身也带有挑衅的意味。此刻就发生了类似的事情，就在雅洛靠坐在他心爱的豪华办公椅上，来回摇动的时候。他的手肘搭在扶手上，指尖刚好碰到他的下巴。这样的情景无论怎么看都有种滑稽荒唐的感觉。可即便如此，他还是在某种程度上触动了我的神经，我的呼吸开始急促起来。

"你想说什么？"我问他。

"我只是把我见到的说出来罢了。"雅洛说。

"太荒唐了，"我说，"马格努斯……马格努斯就是马格努斯。"

他抬起手掌，上下晃动了两下，好像在掂量什么东西的重量。

"那这么说吧，"他说，又在椅子上转了起来，"你觉得这件事合理吗?"

我轻哼一声,拼命想说一两句特别睿智的话来结束这场荒唐的对话。

"如果你能认真去思考一下这件事……"雅洛继续说,"不觉得你们两个名字一样挺奇怪的吗?"

"这有什么好奇怪的?"我说。

"未免也太巧了点,不是吗?"

"我叫马格努斯,叫这个名字的人多着呢。很多人都叫一样的名字。"

他点点头。

"但是……很多年前他第一次出现时正好是你最需要他的时候,你有没有想过怎么会有这么刚好的事呢?"

我耸耸肩。

"这不是好事吗?"我说。

"后来在你考验他的时候他消失了。"

"好吧,"我承认,"这倒是不太好。"

"那个时候你要去找丹尼斯要回随身听,为什么他不帮你?那是你最需要他的时候。"

我突然感到十分生气。他了解马格努斯吗?知道他是个什么样的人吗?

"他做不到,"我说,"知道吗?他就是做不到!"

"好吧,"雅洛举起双手,做出投降的样子,"我不是在强迫你按我的方式去理解问题,只是也许你可以稍微往这个角度思考一下。"

我站起来了。愤怒释放了我心里的某些东西,让我的精神为之一振。我怒视着雅洛,努力维持着责难的语气同他说下去。

"你的意思是,他是不存在的?"我说。

雅洛没有回答,没有点头。他一动也没有动,只是坐在那里,平静地看着站在对面的我。我喘着粗气。

"他从来都没有存在过吗?"我继续问他。

他耸耸肩,仿佛此刻我们只是在随意地谈论某个话题,比如识别码或者邮政编码之类的。

"你可以尝试这么来想。"他说着手臂向后伸了伸,胳膊肘碰到了身后的红色天鹅绒窗帘。窗帘是倾斜的,整个房间都是倾斜的。

"那么,你是说马戏团也不存在了?"我停顿了一下说道。

雅洛看向窗外。

"我不知道,我想这个问题你自己最清楚。"

雅洛把一根手指放进嘴里,开始啃指甲,随后又做了个鬼脸,把手指放了下来。他打开办公桌最上面的一个抽屉,小心翼翼地从里面拿出一副白得发亮的棉手套。

"我们试着这么想吧,"过了一会儿他又说,"我们随时都在变成新的人。"

"这话是什么意思?"

"人会变。这没什么好奇怪的。"

我的目光落在房间角落的斗柜和落地灯上,还有手工编织的地毯。一截延长电线蜷缩在这些东西旁边。

"我们尝试创造秩序,"雅洛又说道,"但自然状态是混乱的。你知道莎士比亚有句话是怎么说的吗?"

"不知道。他说什么了?"

"'全世界是一个马戏团'!"

"不是'全世界是一个舞台'吗?"我说。

雅洛戴着白手套的手在空中不耐烦地摆了摆。

"不重要,"他说,"反正他想说的就是这个意思……"

他看起来很疲惫,好像觉得这个讨论十分无聊,可突然他又扬起眉毛,举起一根戴手套的手指,像是突然想到了什么有趣的点子。他转过身在抽屉里翻找,从里面拉出一根电线,接着是一支红色的麦克风。他把麦克风递到我面前。

"卡拉 OK?"

44

过了一阵我听到等候室传来说话的声音。雅洛清了清嗓子。他把麦克风收起来,瞥了一眼门口,然后起身过去把门关上。就在他关门的时候,我才发现门后有一块全身镜。一开始镜子里只映出了房间另一边的桌子、一部分地板和书架,在门逐渐关上的过程中,我的样子越来越多地出现在镜中,从我衣服的一角,最后到整个的我。待门完全关上后,我看到自己又站在那里了。

雅洛回到座椅边,把装卡拉OK设备的抽屉关好,然后坐下来,手伸到桌子上,将笔放进笔筒里。

"你上班时出了什么事?"他问。

"什么?"我看着镜中的自己。

"就是那天,我看到你突然跑开。"

我点点头。

"我看到了神奇波比先生。"我的眼睛依然盯着那扇门。

雅洛皱起眉。

"神奇波比先生是谁?"他问。

"你也在那里。"我说。

"是的。"雅洛说。

尽管没有看着他,我也能感觉到他在靠近我。

"马格努斯,你的想象力是一个很大的优势,"他说,"这是一种天赋。你需要学会掌握这个优势。你明白吗?你要学着把它用在正确的地方。你试着这么来想,你有超能力,只要你知道怎么控制自己的能力就能成为超级英雄。"

我看着镜中的自己,尝试着抬了一下胳膊,像是为了确认那条胳膊在镜中也会同时动起来。是的,它做了同样的动作。这是合理的,一切都非常合理。即便如此,我还是觉得自己进入了一个梦幻的世界,在那里所有事物都有不同的运作方式。就比如说,话语有了不同的含义,或者它们的意思根本是一样的,只是以不同的方式表达。又或者它们从头到尾说的都是同一件事,只是我一直以为它们有别的意思。我觉得我必须说点什么,这很重要,我得说点什么才不会让自己彻底发疯。

"可是……"我努力组织着语言,"那个一直给我打电话的人又是怎么回事?你觉得这事是真的吗?"

雅洛耸耸肩。

"我再说一次,"他说,"你觉得这合理吗?"

一时间我一句话也说不出来。

"肯定有人在放东西。"我说。

"放东西?"雅洛说。

"音乐。有人在电话里放音乐。"

雅洛又皱眉。

"嗯……我也不知道了,"他摇摇头,"这种事听起来很奇怪。"

"可我听到电话里有音乐声。"我说。

雅洛缓缓地点头。

"是啊,"他说,"可谁会在电话里放歌给你听呢?"

45

回到家后没过多久,电话铃声就响了。我没有马上接,而是任由它响了好几声,我想好好地听听这个声音。铃声在房间里发出了回响,我确定这是真实的。于是我按下电话上绿色的按键接通电话,一开始我们都不说话。这似乎已经成了我们打招呼的方式。就好像我们两个都在确保规则没有变——不说话,只有音乐。我特别用力地攥着话筒,指尖在上面轻轻敲了几下,同样是为了确定这件事是真的。这次我决定先等一等,让他先开始。如果什么也没发生,那就这样吧。但没等多久,我就听到插入光盘的咔嗒声。

是"白蛇"乐队①的《我又来了》。

一首歌放完。我把听筒举起来对着扬声器。我选的是"错位时间线"的短乐曲《我认识你》,出自专辑《周二的回忆》。

---

① "白蛇"乐队,英国重金属乐队。

（如果他不知道，随时可以用谷歌搜一搜。或者用音乐软件，动一动手指就能查出演唱者和歌名，只要那个软件的曲库里有这首歌。总之，我打定主意要给他制造一点困难。）

短乐曲结束后我听到话筒中传来一阵噼啪声，接着他播放了"杰弗森飞机"乐队①的《你感觉怎么样》。但我觉得选这首歌有些缺乏想象力，于是深深叹了一口气，叹气声足以让电话那头的人听见，我想让他知道我认为他在音乐方面还需要再下点功夫。

我用一首"纸浆"乐队②的《这就是硬核》来回应。

他播放了"金属"乐队③的《真实的悲伤》。不得不承认这首歌的前奏强劲有力，主歌部分振奋人心，勉强能叫我首肯。副歌部分也还可以，但是并没有达到令人满意的程度。我继续放了一首 Eps 的《你以为你知道，其实你不懂》，对方回应我一首 P-Dust 的《所有我做错的事》。这首歌据我所知只在"声云"的曲库里有，可能还存在于某个无名网站上。我不禁陷入沉思，知道 P-Dust 的人并不多，并且这首歌跟硬摇滚几乎扯不上任何关系。这是一个大胆的尝试，不因循守旧，让人耳目一新。然

---

① "杰弗森飞机"乐队，美国迷幻摇滚乐队。
② "纸浆"乐队，英国另类摇滚乐队。
③ "金属"乐队，美国重金属乐队。

而我越想越觉得这几首歌的组合也并非全然难以想象，某种程度上甚至可以说完美。因为意想不到才迷人。在我的唱片收藏架上，P-Dust 一定会跟 Eps 和"纸浆"乐队离得远远的，但现在我有了亲身的体验，我的耳朵让我看到它们之间是存在关联的。我突然意识到，在 A 和 B 之间做选择的时候，其实答案很可能是 C。

接下来我放了本·威尔逊①的《接下来会发生什么》。

他给我放了罗伯特·帕尔默②的《我们还能做朋友吗》。

平淡无味。但也可以。我感到有什么事发生了。

我用安德鲁·贝尔③的一首纯器乐曲《一切重来》回应。很大胆，我知道，但有时候必须冒险。我觉得自己充满勇气。

他回应的是安德鲁·贝尔同一张专辑里的《一切都会好起来》。我静静地听着歌曲里平静、重复演绎的钢琴桥段以及合成的人声。我看向窗外，外面又下雨了。我发现自己又在盯着那块内衣男士的广告牌看。广告牌上的那个破洞更大了，现在看起来就像一个大大的心形空洞。

---

① 本·威尔逊，美国歌手。《接下来会发生什么》是收录在其 2014 年的专辑《猫年》里的一首歌。
② 罗伯特·帕尔默，英国歌手。《我们还能做朋友吗》是收录在其 1979 年的专辑《秘密》里的一首歌。
③ 安德鲁·贝尔，美国音乐人。《一切重来》是收录在其 2013 年的专辑《如果是你，我们永远不会离开》里的一首歌。

《一切都会好起来》早已结束，我迅速翻出艾瑞克·路德的《你如何肯定》①，然后对着电话播放。

《你如何肯定》结束后，电话那头陷入了长长的沉默，接着我听到一阵沙沙声和咔嗒声。然后，我听到了"酷玩"乐队的《牢记你》。

---

① 《你如何肯定》，收录在音乐人艾瑞克·路德2010年的专辑《土拨鼠之夜》中的一首歌。

46

第二天,门口的地板上有一封信。我立刻就知道那是什么。我把信拿到厨房的桌上。我先给自己倒了一碗麦片,然后才打开信封,读那封用熟悉的笔迹写的信。

亲爱的马格努斯!
 也许写信是联系你最简便的方式。
 我只是想说,谢谢你所做的一切。
 最好的祝愿!
 马格努斯

我将信纸翻过来仔细地检查了一遍,内容就只有这些。我把这几句奇怪的话反复读了三遍,然后坐下来看向窗外。过了一会儿,我又拿起来读第四遍。最后,我把它放到了冰箱旁边的邮件堆上。我现在可没时间跟一封信较劲,我要准备挑选今晚在电话里播放的音乐了。